藍小說⑨⓪⑦

村上春樹作品集

發條鳥年代記

第一部 鵲賊篇

村上春樹著　賴明珠譯

ISBN 957-13-1836-1

第一部 鵲賊篇

一九八四年六月至七月

發條鳥年代記

第一部 鵲賊篇

一九八四年六月·至七月

1

星期二的發條鳥，關於六根手指和四個乳房

我在廚房正煮著義大利麵時，電話打來了。我正配合著FM電台播放的羅西尼的「鵲賊」序曲吹著口哨。那是煮義大利麵時最恰當不過的音樂了。

我聽到電話鈴時，也想過不要理會它算了。因爲義大利麵差一點就快燙熟了，而且克勞迪奧阿巴多(Claudio Abbado)這一刻正要把倫敦交響樂團帶上那音樂的最高潮。不過雖然如此我還是把瓦斯火調弱，走到客廳去拿起聽筒。因爲我想或許是朋友打來告訴我有新工作的消息了也不一定呢。

「我要你給我十分鐘時間。」女人唐突地說。

我對別人音色的記憶力是相當有自信的。不過那卻是我不認識的聲音。「對不起，妳找哪位？」我試著很有禮貌地問。

「我找『你』呀。我只要十分鐘時間就好。那樣我們就可以充分互相瞭解了。」女人說。低沈溫和，而且無從掌握的聲音。

「可以互相瞭解？」

「我是說彼此的心情。」

我從門邊探頭看看廚房。從義大利麵的鍋子正冒起白色蒸氣，阿巴多正繼續指揮著「鵲賊」。

「很抱歉，我現在正在煮著義大利麵呢。妳可以等一下再打來嗎？」

「義大利麵？」女人發出驚訝的聲音。「早上十點半鐘在煮義大利麵啊？」

「那跟妳沒關係吧。什麼時候要吃什麼是我的自由。」我有點生氣地說。

「這倒是。」女人以無表情的乾乾的聲音說。只要一點點感情的變化聲音的 Tone 就完全變調了。「噢沒關係，我等一下會再打。」

「請等一下。」我急忙說。「如果妳想推銷什麼的話，打幾次都沒有用的。因為我現在正在失業，沒有餘裕買什麼新東西。」

「我知道，沒問題。」

「妳說妳知道是什麼意思？」

「你不是失業中嗎？我知道啊，這件事。所以你趕快去煮你那寶貝義大利麵吧。」

「喂，妳到底是──」我正要說下去電話就斷了。非常唐突的切斷法。

感情還沒有地方著落，我一時望著手上握著的聽筒，終於想起義大利麵的事而走回廚房。於是把瓦斯火關掉，把義大利麵倒進濾水竹籠。義大利麵因為電話的關係，要做有點硬又不會太硬的話心煮太軟了，不過還不到致命的程度。

互相瞭解？我一面吃著那義大利麵一面想。可以充分互相瞭解彼此的心情？我無法理解那個女人到底想說什麼。也許只是惡作劇電話。或許是一種新的推銷手法，不管怎麼樣都跟我無關。

不過當我回到客廳的沙發上一面讀起從圖書館借來的小說，一面抬眼看看電話機時，卻開始在意起那個女人所說的「只要十分鐘就可以互相瞭解的什麼」了。十分鐘到底能互相瞭解什麼呢？仔細回想起來，女人從一開始就把十分鐘這時間很明確地區分出來。而且她對於設定那限定的時間似乎抱有相當確實的信心。那也許九分鐘就太短，十一分鐘就太長也不一定。就像義大利麵的有點硬又不會太硬一樣。

一面這樣想著時，逐漸失去讀書的心情了。我想乾脆來燙襯衫吧。頭腦一混亂起來，我經常就會燙襯衫。從以前到現在一直都這樣。我燙襯衫的工程全部分爲十二個步驟。那就是從(1)衣領（表面）開始，到(12)左袖口爲止。我一面一一數著號碼，一面依照順序確實地燙下去。如果不這樣就燙不好。

燙了三件襯衫，確認沒有皺紋之後掛在衣架上。把熨斗的開關切掉，連同燙衣板一起收進壁櫥裡之後，我的頭腦似乎多少清楚一點了。

我正想喝水走向廚房時，電話鈴又響了。我遲疑了一下，還是決定拿起聽筒。如果是那個女人打來的，就說我正在燙衣服，掛斷就行了。

然而打電話來的卻是久美子。時鐘的針正指著十一點半。「你好嗎？」她說。

「好啊。」我說。

「你在做什麼？」

「剛剛在燙衣服。」

「有什麼事嗎？」那聲音裡帶著些微的緊張感。因爲她很知道我一混亂就會燙衣服。

「只是燙了襯衫而已呀。沒什麼事。」我在椅子上坐下，把左手上拿的聽筒移到右手。「那，妳有什麼事？」

「你會不會寫詩？」

「詩？」我吃驚地反問。詩？什麼詩呢？怎麼回事？

「我朋友的雜誌社在出給年輕女孩看的小說雜誌，他們正在找一個能評選刪改投稿詩文的人。而且也希望每個月寫一篇扉頁用的短詩。工作算起來很簡單，而報酬又不錯。當然只能算是打工兼差的程度，不過如果這個能做得順利的話，也許會分配一些編輯的工作過來也不一定——」

「簡單？」我說。「等一下噢。我要找的是跟法律有關的工作噢，怎麼突然從什麼地方冒出詩的評選刪改的話題來呢？」

「你不是說過你高中時代寫過什麼來的嗎？」

「那是新聞哪。高中校刊新聞。足球大賽那一班優勝了，物理老師從樓梯上跌下來住院了，之類的窮極無聊的報導而已，不是詩。我才不會寫什麼詩呢。」

「不過說是詩，只是給高中女生讀的詩啊。又不是叫你寫什麼可以留在文學史上的了不起的詩。所以只要隨便寫一寫就行了。你懂嗎？」

「隨便也好，什麼也好，我絕對不會寫什麼詩的。從來沒寫過，也不打算寫。」我斷然地說。沒有理由寫那種東西吧。

「哦。」妻一副很遺憾似地說。「不過你說跟法律有關的工作，那不是很難找嗎？」

「我跟很多人打過招呼。差不多應該要有消息回來了，如果那不行的話，到時候再來考慮。」

「是嗎？那也好啊。對了，今天是星期幾？」
「星期二。」我考慮了一下然後說。
「那你去銀行幫我繳瓦斯費、電話費好嗎？」
「差不多該去買晚餐的菜了，就順便經過銀行吧。」
「晚餐要吃什麼？」
「還沒決定。去買菜的時候再想。」
「還有啊。」妻以鄭重其事的口氣說道。「其實我想，你不一定要急著找工作嘛。」
「爲什麼？」我又吃了一驚地說。全世界的女人好像都是爲了要讓我吃驚而紛紛打電話來似的。「失業保險不久就會停掉呢。總不能老是這樣游手好閒地閒逛啊。」
「可是還有我的薪水呀，副業也算順利，還有存款，只要不太奢侈浪費總是夠吃吧。像現在這樣你在家裡做家事，不喜歡嗎？這種生活對你來說會不會很無趣？」
「不曉得。」我坦白說。不知道。
「這件事沒關係，你慢慢考慮看看。」妻說。「還有貓回來了沒有？」
這麼一說，我才發現從早上到現在我都完全忘了貓的事了。「不，還沒回來。」
「你可以到附近去找找看嗎？不見已經一星期了啊。」
我漫應著，又把聽筒移到左手。
「我想大概在『後巷』底空房子的院子裡吧。有鳥的石像那個院子啊。因爲我在那邊看過牠幾次。」

「後巷？」我說。「可是，妳什麼時候到後巷裡去了？我怎麼從來都沒聽——」

「嘿，抱歉我要掛電話了噢。我必須回去工作了。貓的事就拜託你了。」

於是電話就斷了。我又再望了聽筒一會兒，然後把它放下。

爲什麼久美子非要到後巷裡去不可呢，我想。要進後巷裡去必須從院子翻越磚牆才行，這樣大費周章地進到後巷裡去沒有任何意義嘛。

我到廚房喝水，然後走出簷廊外查看一下貓吃食物的盤子，盤子裡昨天晚上我裝的小魚乾還一隻也沒減少。貓終究還是沒回來。我站在走廊上，望著初夏陽光照射下我家狹小的庭院。並不是望了就能令人心曠神怡的庭院。一整天只有很短時間才能照得到陽光的泥土總是黑黑濕濕的，說起植栽也只有角落裡種的兩棵或三棵不怎麼起眼的紫陽花而已。而且首先我對紫陽花這種花就沒什麼好感。從附近的樹林裡聽得見簡直像是在捲著發條似地嘰咿咿咿的規則的鳥啼聲。我們把那鳥叫做「發條鳥」。是久美子取這樣名字的。眞正的名字我不知道叫什麼。也不知道長成什麼樣子。不過和這都沒關係，發條鳥每天都飛到附近的樹林裡來，爲我們所屬的安靜世界捲著發條。

眞要命，還要找貓啊。我想。我從以前就一直喜歡貓。而且「這隻」貓我也喜歡。不過貓有貓的生活方式。貓絕對不是愚笨的生物。貓如果不見了，那是因爲貓想要到什麼地方去了。如果肚子餓了身體疲倦了到時候自然會回來。不過結果我還是必須爲了久美子去找貓吧。反正也沒有其他的事可做。

四月初我辭掉向來我上班的法律事務所的工作，並沒有什麼特別的理由。對工作內容也沒有什麼不滿意。

雖然不能算是如何令人振奮的工作內容，但薪水還不錯，工作場所的氣氛也很友善。

我在那家法律事務所的工作任務，以一句話簡單說就是專業性的跑腿。不過我自己認爲做得很好。雖然自己這樣說也許有點奇怪，但光以這種實際性職務的執行來說，我算是相當能幹的人。理解迅速，行動俐落，既不抱怨，想法又實際。所以當我提出想辭職時，老先生——也就是說那家法律事務所的主持人父子律師中的父親——甚至還說可以給我加一些薪水呢。

不過我終於還是辭了那家事務所。辭職之後並沒有要做什麼的明確希望或展望。重新再一次窩在家裡開始準備司法考試是怎麼想都嫌麻煩了，而且首先，事到如今已經不再怎麼想當律師了。我只是不想再一直留在那家事務所，一直繼續做那件工作了。如果要辭職大概只有趁現在吧，我想。如果再待更久的話，我的人生很可能就那樣一直溜滑下去到結束了。因爲我已經三十歲了。

晚餐的時候，我提出「我想辭職。」時，「是嗎？」久美子說。那「是嗎？」我雖然不太明白是什麼意思，但她從此就沈默了一會兒。

我也一樣沈默著時，「想辭就辭吧。」她說。「這是你的人生啊，只要你高興就好了。」而且只說了這個之後，就開始把魚骨頭用筷子撥到盤子旁邊。

妻的工作是一家專門以健康食品和自然食物料理爲主的雜誌編輯。拿的薪水很不錯，還有做別種雜誌編輯的朋友常會找她做一些挿畫的工作（她學生時代一直學的是設計，她的目標是做個自由挿畫家），那收入也不能小看。我這邊失業之後暫時還可以領到失業保險金。而且如果我每天在家好好做家事的話，外食費和洗衣費這些多餘的開支也可以節省下來，生活和我在上班領薪水時應該不會有太大的改變。

於是我就這樣辭掉工作了。

買菜回來正把食物塞進冰箱時，電話鈴響了。我聽起來鈴聲好像非常憤怒的樣子。我把塑膠包裝才拆開一半的豆腐放在桌上，走到客廳，拿起聽筒。

「義大利麵結束了吧？」就是那個女人。

「結束了。」我說。「不過現在開始我必須去找貓。」

「不過總可以等十分鐘吧，要找貓的話。這跟煮義大利麵不一樣啊。」

雖然不知道爲什麼，但我還是沒辦法乾脆掛斷電話。那個女人的聲音裡有什麼東西引起我的注意。「說得也是，如果只要十分鐘的話。」我說。

「那麼我們可以互相瞭解了噢？」女人安靜地說。可以感覺到她好像在電話那頭重新在椅子上舒服地坐下來，蹺起腿來似的。

「那可不一定。」我說。「因爲只有十分鐘啊。」

「所謂十分鐘或許比你所想像的還要長也不一定噢。」

「妳眞的認識我嗎？」我試著問。

「當然哪，見過好幾次啊。」

「什麼時候，在那裡？」

「某個時候，某個地方啊。」女人說。「這種事要在這裡一一向你說明的話，十分鐘實在不夠。重要的是現在呀。對嗎？」

「不過能不能提出什麼證據？妳認識我的證據。」

「例如？」

「我的年齡多少？」

「三十。」女人即席回答。「三十又兩個月。這樣行了嗎？」

我沈默下來。這個女人確實知道我。但我怎麼想，都記不起這女人的聲音。「那麼現在輪到你想像看看我的事情。」女人像在引誘似地說。「從聲音想像噢。我是什麼樣的女人。大概幾歲，在什麼地方，是什麼模樣，之類的。」

「不知道。」我說。

「試試看哪。」

我眼睛看了一下手錶。才過了一分五秒而已。「不知道。」我重複說道。

「那麼我告訴你吧。」女人說。「我現在躺在床上噢。剛剛沖過淋浴什麼也沒穿喏。」

眞要命，我想。這簡直就像色情錄影帶嘛。

「你覺得要穿上內衣好呢？還是穿上絲襪好？怎麼樣感覺比較好？」

「怎麼樣都無所謂。妳高興就好。想穿什麼就穿什麼好了。不想穿就赤裸好了。不過很抱歉，我沒興趣在電話上談這些。我還有事必須做呢——」

「只要十分鐘就好了啊。總不會因爲爲了我花了十分鐘而使你的人生造成致命的損失吧？反正你回答我的問題呀。赤裸好？還是穿上什麼好？我有很多種東西喲。例如黑色蕾絲紗的內衣之類的。」

「那樣就好了。」我說。

「保持赤裸就好嗎？」

「對，保持赤裸就好了。」我說。這就四分鐘了。

「陰毛還是濕的噢。」女人說。「沒有用浴巾好好擦乾。所以還是濕的。暖暖的濕濕的噢。非常柔軟的陰毛噢。漆黑的，柔軟的。摸摸看。」

「喂，很抱歉——」

「那下面也一直都很溫暖噢。簡直就像熱過的奶油一樣，非常溫暖喏。眞的噢，你想我現在是什麼樣子？右膝立起來，左腳往旁邊張開。以時鐘的針來說是十點五分左右。」

從聲音的調子聽來，可以知道她並沒有說謊。她眞的把兩腳開成十點五分的角度，讓性器溫暖而潮濕。

「摸摸我的唇。慢慢的噢。然後張開。慢慢的噢。用指腹慢慢的撫摸。對，非常慢喏。然後用另外一隻手弄左邊的乳房，從下面溫柔地往上撫摸，輕輕抓住乳頭。這樣重複好幾次，一直到我快要受不了爲止。」

我什麼也沒說地掛掉電話。然後躺在沙發，一面望著手錶一面深深嘆一口氣。在電話上和那個女人談話的時間大約五分鐘或六分鐘。

過了十分鐘左右電話鈴又響了，但這次我沒有拿起聽筒。電話鈴響了十五次，然後斷了。鈴聲停止之後，深深冷冷的沈默降臨四周。

快要兩點時，我翻過庭院的磚牆走下後巷。雖說是後巷，但那並不是原來意思的後巷。說眞的，那是什麼也稱不上的東西。正確地說連路都算不上。路應該有入口和出口，經過它的話應該是可以到達該去的地方的通路。但後巷卻沒有入口也沒有出口，兩頭都走不通。那連死胡同都不算。因爲至少死胡同還有個入口。附近的人們只是爲了方便而把那段小徑稱爲後巷罷了。後巷就像把每家的後院之間縫合起來似的大約延伸二百公尺左右。雖然路寬說起來有一公尺多一點，但因爲有些地方的圍牆凸出來一些，或路上放著各種東西，因此有好幾個地方如果身體不側過來就沒辦法通過。

據說——告訴我這件事的是以特別便宜的租金把那房子租給我們的舅舅——過去後巷也是有入口和出口的，曾經發揮過結合兩條道路的捷徑功能。但到了經濟高度成長期之後，過去是空地的地方也接連蓋了新房子，因此道路就被擠成非常狹窄，住戶也不喜歡自己家的屋簷下後院子有人來來往往，因此小徑的入口就被不著痕跡地悄悄堵起來了。剛開始只是像一道用來遮視線用的大大方方的牆而已，但有一戶住家把庭院擴張，用磚牆把一邊的入口完全塞住，好像一呼一應似的另一邊的入口也被人家用牢牢的鐵絲網封得連狗都沒辦法通過了。因爲住戶們本來就不太用到那道路，因此兩邊的入口被堵塞起來也沒有人抱怨，爲了防止犯罪這樣反而更好。所以現在那條路簡直就像被放棄的運河似的，沒有人使用，只扮演分隔一家和一家之間的緩衝地帶似的角色而已。地面長滿雜草，到處都是黏糊糊的蜘蛛網。

妻爲了什麼目的曾經出入這樣的地方好幾次呢？我實在弄不淸楚。我到目前爲止也只不過走進過那「後巷」兩次而已，久美子平常就很討厭蜘蛛的。算了，我想。既然久美子叫我到後巷去找貓，我就去找吧。與其在家裡等電話鈴響，不如這樣到外面走走好多了。

異常清晰的初夏陽光，把伸張在頭上的樹枝影子零落地散布在後巷的地面。由於沒有風，那影子看來就像被固定在地表的宿命性的斑點似的。周遭沒有任何聲音，好像連草葉浴在日光下呼吸著的聲音都聽得見似的。雖然天空飄浮著幾朵小雲，但那些簡直就像中世紀的銅版畫背景一樣鮮明而簡潔。由於眼睛所能看得見的一切都異樣地清晰，使我感覺自己的身體好像是一片模糊而無從掌握的存在似的。而且非常熱。

我身上雖然只穿著T恤襯衫、薄綿長褲和網球鞋，但在太陽下走久了，便覺得腋下和胸窩漸漸開始冒汗。T恤襯衫和長褲都是那天早上剛從塞滿夏季衣物的箱子裡抽出來的，因此防蟲劑的氣味強烈刺鼻。

附近的房子很清楚地分爲老房子和新建的房子，新房子大概說來比較小，庭院也狹窄。有些地方曬衣架凸出到後巷來，我不得不閃開毛巾、襯衫和床單的行列才能通過。從有些屋簷下傳來電視的聲音，抽水馬桶的聲音，有些地方飄出煮咖哩的氣味。

和這比起來從早期就有的房子就不太能感覺出生活的氣味了。圍牆裡有效地配置著遮蔽外人眼光的種種灌木或龍柏，從那縫隙可以窺見整理得很細緻的寬闊庭院。

一家後院的角落裡孤伶伶地擺著一棵枯成茶色的聖誕樹。有一家庭院裡好像蒐集了好幾個人的少年期遺跡似的，把所有各式各樣的兒童玩具全部傾囊陳列出來。三輪車、飛盤、塑膠劍、皮球、烏龜形的娃娃、小球棒之類的。有裝籃球架的庭院，也有排列著豪華庭園椅和陶製桌子的庭院。白色的庭園椅好像已經幾個月（或幾年）沒用了似的，上面蓋了一層厚厚的灰塵。桌上紫色的木蓮花瓣被雨打得黏在上面。

另外一家，可以透過鋁門窗的玻璃，一眼看盡客廳的內部。有整套皮製的沙發，有大型電視、有裝飾櫥櫃（上面放著熱帶魚水槽和兩個什麼獎杯），有裝飾性的立燈。簡直就像電視劇的道具似的。也有庭院裡有大型狗用的犬舍，但裡面看不見狗的影子，門就那麼敞開著。鐵絲網簡直就像有人好幾個月都一直從裡面倚靠著似的膨脹成圓形。

久美子所說的空房子就在那有犬舍的房子前面一點。那一眼就看得出是一間空房子。而且不只是空了兩個月或三個月那麼簡單而已。雖然是比較新的兩層樓建築，但只有那緊閉的木頭遮雨板窗卻老舊得特別醒目。二樓窗上的扶手欄杆露出紅色的鐵鏽。小巧精緻的庭院裡，確實放著展開翅膀的鳥形石像。石像雖然安在高度達到一個人胸部那麼高的台座上，但周圍茂盛地長滿雜草，特別高的麒麟草尖端長得高到鳥的腳下。鳥——雖然我不知道那是哪一種鳥——但看起來好像迫不及待地想盡早飛離這樣不愉快的地方似地張開著翅膀。

除了那座石像之外，庭院裡沒有什麼像裝飾的裝飾。屋簷下疊放著幾張老舊的塑膠庭園椅，旁邊的杜鵑奇怪地開著沒有現實感的色彩鮮艷的紅花。除此之外只能看到雜草。

我靠在高及胸部的鐵絲網圍籬上，望了一會兒庭院。雖然看來好像是貓會喜歡的庭院，但卻看不見貓的影子。只有一隻鴿子停在屋頂的電視天線上，向周圍發出單調的聲音而已。石鳥的影子落在生長茂密的雜草葉上，被切斷成斑斑點點的。

我從口袋裡拿出檸檬水果糖來，剝開包裝紙放進嘴裡。雖然藉著辭掉工作的機會戒了煙，但代替的是變得手邊離不開檸檬水果糖。「檸檬水果糖中毒。」妻說，「不久你就快變成滿口蛀牙了。」但我卻不能不舔它。望著庭院的時候，鴿子站在電視天線上，像事務員在傳票本上打著號碼似的一直以相同的調子規則而正確地繼續啼叫著。到底在那鐵絲網上靠了多久時間了，我不清楚。因為檸檬水果糖在嘴裡化甜了，我只記得把那減成一半的水果糖吐掉在地上。然後我的視線重新回到鳥的石像影子一帶。那時候好像聽見有人從後面叫我的聲音。

回過頭一看，對面屋子的後院裡站著一個女孩子。個子小小的，頭髮梳著馬尾巴。戴著飴色邊框的深色太陽眼鏡，穿著淺藍色無袖T恤襯衫。從袖口伸出的纖細兩臂，以在這梅雨季節都還沒過的時分來說，卻已經曬得又黑又亮。她一隻手插進短褲口袋，另一隻手搭在高及腰部的門扉上，不安定地支撐著身體。她和我的距離只有一公尺左右。

「好熱噢。」女孩子對我說。

「好熱。」我也說。

只交換了這樣的話之後，她就以原來的姿勢看了我一會兒。然後從短褲口袋拿出Short Hope香煙盒抽出一根煙來，含在嘴上。嘴小小的，上唇稍微往上翹。然後以熟練的手勢用紙火柴點著香煙。女孩子低下頭時，就能清楚地看出耳朵的形狀。光滑漂亮的耳朵，好像剛剛才做好的似的。沿著那細緻的輪廓短短的汗毛閃亮著。

女孩子把火柴丟在地上，噘起嘴唇把煙吐出來，好像忽然想起來似的抬頭看我的臉。鏡片顏色很深，而且是反光的，因此無法看出那後面她的眼睛。「住在附近嗎？」女孩子問。

「對。」我回答，本來想伸手指出自己家的方向，但已不能肯定到底正確方向是哪一邊了。因爲是穿過了幾個奇怪角度的轉彎走來的。於是我隨便指了一個方向應付了事。

「我在找貓。」我一面把冒著汗的手心在長褲上磨擦著，一面好像在解釋似地說。「大概從一星期以前就沒回家了，有人說在這附近看過。」

「什麼樣的貓？」

「很大的雄貓。有茶色條紋，尾巴尖端有一點彎曲。」

「叫什麼名字?」

「昇。」我回答。「綿谷昇。」

「以貓來說倒是相當氣派的名字啊。」

「這是我太太的哥哥的名字。因爲感覺上很像所以就開玩笑地給牠取這名字。」

「怎麼個像法?」

「總覺得有點像。比方說走路的樣子,還有沒什麼精神的眼神之類的。」

女孩子第一次微笑起來,表情一鬆開,看起來比第一印象孩子氣得多。大概十五或十六歲吧。微微往上翹的嘴唇以不可思議的角度往空中凸出。摸摸看,覺得好像聽得見這聲音似的。是那通電話的女人的聲音。我用手背擦擦額頭的汗。

「你說是茶色條紋,尾巴尖端有一點彎曲的噢。」女孩子像在確認似地重複說。「有沒有戴項圈之類的?」

「戴了一個驅跳蚤的黑項圈。」我說。

女孩一隻手還搭在門上,思考了十或十五秒。然後把變短的香煙丟在腳邊,用涼鞋踩熄。

「如果是那隻貓的話也許我看過。」女孩說。「尾巴尖端的彎法不太清楚,不過茶色的虎紋貓,很大的,好像有戴項圈。」

「是什麼時候看到的?」

「嗯,到底是什麼時候呢?不管怎麼說總是這三、四天的事吧。我們家院子已經變成附近貓的通路了,有各種貓來來去去的。都是從瀧谷家過來,橫越我家庭院,然後進到宮脇家的庭院去。」

女孩這樣說著，指指對面的空房子。在那裡石鳥依然張開著翅膀，麒麟草承受著初夏的陽光，電視天線上鴿子繼續發出單調的啼聲。

「嗨，怎麼樣，要不要在我家院子裡等一等，反正貓都是要經過我家到對面去的，而且你在這附近徘徊會被當成小偷報警噢。以前發生過好幾次這樣的事呢。」

我猶豫著。

「沒關係呀，反正我們家只有我在，兩個人在院子裡一面日光浴一面等貓通過不是很好嗎？我眼睛很好可以幫你看哪。」

我看看手錶。二時三十六分。今天一整天我剩下來的工作，說起來只有在天黑前把洗曬的衣服收起來，和準備晚飯而已。

打開木門進到裡面，跟在女孩子後面走在草地上時，發現她右腳有點輕微地跛著。她走了幾步後停下來，回頭轉向我。

「我坐在摩托車後座，被甩出去了。」女孩子若無其事似地說。「那是不久以前的事。」

草坪的盡頭有一棵大樫樹，下面並排放著兩張帆布躺椅。一張椅背上披著藍色的大浴巾，另一張躺椅上凌亂地散布著Short Hope的新煙盒、煙灰缸、打火機、大型收錄音機和雜誌。收錄音機的喇叭正小聲地播放著重搖滾音樂。她把散在躺椅上的東西移到草地上，讓給我坐，把收錄音機的音樂關掉。坐在椅子上時可以從樹木之間看見隔著後巷的空房子。也可以看見鳥的石像、麒麟草和鐵絲網圍牆。女孩子一定是坐在這裡一直觀察著我的樣子吧。

庭園很寬大。草坪以和緩的斜坡延伸出去，有些地方種有矮灌木。躺椅左邊有用混凝土造的大水池，但好像好久沒放水了，露出變成淡綠色的底部曝曬在太陽下。背後的灌木叢後面雖然看得見古老西洋風格的建築物主體，但房子並不怎麼大，建築也不顯得豪華，只有庭院特別寬，而且整理得很仔細。

「這麼大的庭園整理起來很費事吧。」我一面看著周圍一面說。

「是嗎？」女孩子說。

「我從前曾經在割草公司打過工。」我說。

「哦？」女孩子以好像沒什麼興趣的聲音說。

「經常都是妳一個人在家嗎？」我問道。

「嗯，對呀。白天我經常一個人在這裡。中午以前和傍晚歐巴桑會來，其他時候都是我一個人。嘿，你要不要喝個冷飲？也有啤酒噢。」

「不，不用。」

「眞的？不必客氣喲。」

我搖著頭。「妳不用上學嗎？」

「你不用上班嗎？」

「想上班也沒工作可做啊。」

「失業中啊？」

「嗯，不久以前辭職的。」

「那以前你是做什麼的？」

「做類似律師的跑腿之類的工作。」我說。「到公家機關或政府機關蒐集各種文件，整理資料，查查判例，辦辦法院的事務手續之類的。」

「可是辭掉了是嗎？」

「對。」

「你太太在上班嗎？」

「在上班。」我說。

在對面屋頂上啼叫的鴿子似乎不知道什麼時候已經飛走了。一留神時我正被深深的沈默似的東西所包圍。

「貓經常都從那一帶通過噢。」女孩子指著草坪的對面那邊。「那家瀧谷先生的圍牆後面不是看得見焚化爐嗎？就從那旁邊出來，一直穿過草坪，鑽過木門下，到對面的庭院去。每次都是同樣的路線喏。嗨，瀧谷先生是有名的挿畫家噢。叫做東尼瀧谷。你知道嗎？」

「東尼瀧谷？」

女孩子向我說明東尼瀧谷。瀧谷東尼是他的本名。他是一個專門畫機械挿畫的非常認眞的人，前一陣子因爲太太車禍死了，就一個人住在那麼大的房子裡。幾乎從來都不出門，也不跟附近的鄰居交往。

「人倒不壞喲。」女孩子說。「雖然我沒有跟他說過話。」

女孩子把太陽眼鏡挪到額頭上，瞇細著眼睛看看四周，然後又戴上太陽眼鏡，把香煙的煙吐出來。摘下太陽眼鏡之後，可以看出左眼旁邊有一個長約二公分左右的傷痕。深得可能一輩子都會留下痕跡的傷口。這女孩大概是爲了隱藏那傷痕才戴上深色太陽眼鏡的吧。雖然容貌並不是特別美，但臉上卻有什麼吸引人心的地方。也許是眼睛的活潑靈動，和有特徵的嘴唇形狀的關係吧。

「你知道宮脇太太嗎？」

「不知道。」我說。

「就是住在那空房子的人哪。也就是所謂的正派家庭。有兩個女兒，兩個上的都是有名的私立女子學校。先生經營兩、三間家庭式餐廳。」

「怎麼不見了呢？」

她一副不曉得似地把嘴微微噘起來。

「大概是欠人家錢吧。雜草那樣猛長，貓也多起來，又不用心，我媽經常都抱怨呢。」

「有那麼多貓嗎？」

女孩子還含著香煙抬頭望著天空。

「有各種貓噢。有的毛都掉了，也有單眼的，眼睛掉了，那裡變成一塊肉團呢。很要命吧。」

我點點頭。

「我的親戚裡面有人有六根手指的噢。年齡比我大一點的女孩子，小指頭旁邊長出了另外一根像嬰兒手指一樣的小手指。不過她每次都很巧妙地彎起來，所以猛一看還不知道。很漂亮的女孩子噢。」

「哦。」

「你想這會不會遺傳？怎麼說呢……在血統上。」

關於遺傳的事我不太清楚，我說。

她沈默了一會兒。我一面舔著檸檬水果糖，一面一直盯著貓通過的路。貓還一隻也沒出現。

「你真的不要喝點什麼嗎？我可要喝可樂噢。」女孩子說。

不用，我回答。

女孩子從躺椅上站起來，一面輕微拖著一腳一面消失到樹叢後面去，於是我拿起腳邊的雜誌隨便啪啦啪啦翻翻看。那和我預料的正相反，是適合男性看的月刊雜誌。正中央的彩色頁上，一個女人穿著單薄透明得看得見性器形狀和陰毛的內褲，坐在櫈子上以不自然的姿勢把兩腿大大地張開。眞要命，我想，於是把雜誌放回原位。雙手叉在胸前重新把眼睛轉向貓的通路。

過了相當久的時間之後，女孩手上拿著裝可樂的玻璃杯回來。那是個炎熱的下午。坐在躺椅上身體任由太陽曬著時，頭腦漸漸變得恍恍惚惚，懶得想事情了。

「嘿，如果你知道了自己喜歡的女孩子手有六根指頭的話，你會怎麼樣？」女孩子開始繼續說下去。

「把她賣給馬戲團。」我說。

「眞的？」

「開玩笑的。」我笑著說。「我想大概不會介意吧。」

「就算會遺傳給小孩也不介意嗎？」

關於這點我稍微考慮了一下。

「我想我不介意。多一根手指，也沒什麼妨礙呀。」
「如果有四個乳房呢？」
關於這點我也考慮了一下。
「不知道。」我說。
四個乳房？看來這話好像沒完沒了似的。因此我決定試著改變話題。
「妳幾歲？」
「十六。」女孩子說。「不久前才剛剛滿十六歲。高中一年級。」
「那麼，學校一直休息嗎？」
「走久了腳會痛啊。眼睛旁邊也有傷痕。學校很囉嗦，如果知道是從摩托車上跌下來受傷的話，我想一定會說什麼的……所以我就請病假啊。就算休學一年也可以。因為我並不急著想升高二啊。」
「哦。」我說。
「不過，剛才你說的，你是說可以跟六根手指的女孩結婚，但四個乳房的就討厭對嗎？」
「我沒說討厭，只說不知道。」
「為什麼不知道？」
「因為沒辦法想像啊。」
「六根手指頭就可以想像嗎？」
「好像多少可以。」

「到底差別在哪裡？六根手指和四個乳房？」

關於這點我又試著考慮了一下，但想不到什麼說明的好辦法。

「嗨，我是不是問題太多了？」

「有人這樣說過妳嗎？」

「常常有。」

我把視線移回貓的通路。我到底在這裡做什麼？我想。貓不是一隻都沒出現嗎？我的手依然交叉在胸前，眼睛閉了二十秒或三十秒。一直閉著眼睛時，可以感覺到身體的各部分正在冒著汗。太陽光帶著奇妙的重量感，投注在我身上。女孩子一搖動玻璃杯，冰塊便發出牛鈴般的聲音。

「如果睏的話睡一下沒關係呀。如果看見貓出現的話我會叫你。」女孩小聲地說。

我依然閉著眼睛默默點點頭。

沒有風，周圍聽不見一點聲音。鴿子似乎已經飛到某個遙遠的地方去了。我試著想想打電話的女人。我真的認識那個女人嗎？那聲音和說話方式都沒有印象。然而那個女人卻很清楚我的事。簡直就像**基里訶**的畫中情景一樣，只有女人的影子橫越過路面往我的方向拉長著而已。但那實體卻遠遠地離開我意識的領域。我耳朵邊電話鈴聲一直不斷地響個不停。

「嘿，你睡著了嗎？」女孩子以好像聽得見又好像聽不見的聲音問。

「沒睡。」

「我可以靠近一點嗎？小聲說話我比較輕鬆。」

「沒關係。」我仍然閉著眼睛說。

女孩子把自己的躺椅往旁邊挪來和我坐著的躺椅連在一起。木框相碰時發出咔噠一聲乾乾的聲音。眞奇怪，我想。張開眼睛時聽到的和閉著眼睛時聽到的女孩子聲音，簡直判若兩人。

「我可以說一點話嗎？」女孩說。「我會非常小聲，而且你不用回答也可以，途中睡著了也沒關係。」

「好啊。」

「人死掉這件事，很棒噢。」

因爲她就在我耳邊說，因此那話語隨著溫暖的濕氣一起悄悄潛進我體內。

「爲什麼？」我問。

女孩好像要封住我的嘴似的，把一根手指放在我嘴唇上。

「不要發問。」她說。「而且不要張開眼睛噢。知道嗎？」

我配合她的小聲只輕輕點頭。

她的手指從我嘴唇上離開，那手指這回卻放到我的手腕上。

「我想用解剖刀把它切開來看看。不是指屍體喲。我是說那像死的一塊東西。我覺得那種東西好像不知道存在什麼地方似的。好像疊球一樣鈍鈍的、軟軟的、神經麻痺著。我想把那東西從死人身上拿出來，切開來看看。我經常這樣想，不知道那種東西裡面到底是什麼樣子。就好像牙膏在管子裡變硬了似的，裡面是不是有什麼變硬了呢？你不覺得嗎？不，不用回答。周圍是軟綿綿的，越往裡面卻變得越僵硬，所以我先把外皮切開，取出裏面軟軟的東西，用解剖刀或竹篦之類的把那軟軟的東西撥開。於是越往裏面那軟軟的東西就變得越硬，最後變成一條小芯似的。像球承軸的球一樣小，非常硬噢。你不覺得嗎？」

女孩輕輕咳嗽了兩、三次。

「最近經常在想這件事。一定是因爲每天都很閒吧，沒事可做時頭腦就會越來越往很遠很遠的地方去想。想得太遠了，變得沒辦法追蹤跟上。」

然後女孩把放在我手腕上的手指移開。拿起玻璃杯喝著剩下的可樂。從冰塊的聲音可知玻璃杯已經變空了。

「我會幫你守著貓，你不用擔心。看見綿谷昇我會告訴你。所以你就這樣閉著眼睛。綿谷昇現在一定在附近走動著。一定快要出現了。綿谷昇正穿過草叢間，鑽過圍牆，在什麼地方停下來一面聞一聞花香，一面逐漸接近這裡喲。你想像一下那樣子。」

然而我所想到的，卻是好像浴在逆光下的照片一樣極爲模糊的貓的形象而已。太陽光透過眼瞼使我的黑暗不安定地擴張開來，因此我無論如何也沒辦法想起貓的正確樣子。能夠想起來的貓的樣子，簡直就像失敗的人像畫一樣總有什麼地方歪斜而不自然。只有特徵很像，但重要的部分卻殘缺不全。連牠走路的樣子，我都已經想不起來了。

女孩又再把手指放在我的手腕上，在那上面畫著不定形的奇怪圖形。於是就像和那呼應著似的，和過去曾經有過的不同種黑暗潛入我的意識裡來。也許是我正要睡著了吧，我想。雖然不想睡，但卻沒辦法不睡。在帆布躺椅上，我的身體感覺上就像是別人的屍體一般沈重。

在那樣的黑暗中，只浮現綿谷昇的四隻腳。腳底附著著四個像是橡皮一般柔軟隆起的茶色安靜的腳。那樣的腳無聲地踏在什麼地方的地上。

是什麼地方的地上呢？

只要十分鐘就好，電話裡的女人說。不，不對，我想，有時候十分鐘並不是十分鐘。那會伸長縮短的，我知道。

醒來時，我是一個人。旁邊緊靠著的躺椅上女孩子不見了。浴巾和香煙和雜誌還依舊在那裡，但可樂玻璃杯和收錄音機卻消失了。

太陽稍微西斜，樫木樹枝的影子拉長到我的膝部。手錶顯示著四時十五分。我身體從躺椅上坐起來看看四周。寬廣的草坪、乾枯的水池、圍牆、石像鳥、麒麟草、電視天線。看不見貓的影子。也看不見女孩子的影子。

我依然坐在躺椅上，眼睛望著貓的通路，等女孩子回來。但過了十分鐘，貓和女孩都沒出現。四周沒有一件動的東西。覺得在睡著的時間裡好像老了很多似的。

我站起來，看看母屋的方向。但那裡也沒有人的動靜。只有凸出的角窗玻璃承受著西曬的陽光反射著眩目的光線而已。沒辦法只好穿過庭園草坪走出後巷。轉回家去。雖然沒找到貓，但總之找是找過了。

回到家我把洗曬的衣服收進來，準備了簡單的晚餐。五點半時電話鈴響了十二次，但我沒拿起聽筒。鈴聲停止之後，那餘韻還彷彿灰塵一般飄在房間的淡淡昏暗中。時鐘以那堅硬的爪尖嘀嗒嘀嗒地敲著浮在空中的透明板子。

我忽然想到寫寫看關於發條鳥的詩如何？但那最初的第一節卻怎麼也想不出來。而且我也不認爲高中女生會喜歡讀有關發條鳥的詩。

久美子回到家時是七點半。這一個多月來，她回家的時間逐漸變晚了。過八點才回家也不稀奇，有時候還超過十點。也因爲有我在家做飯，所以她不必趕著回家。她說明本來人手就不夠了，又有一位同事最近因病休假。

「對不起。事情一直談不完。」她說。「打工的女孩一點都幫不上忙。」

我站在廚房烤著奶油魚，做沙拉和味噌湯。在那時間妻坐在廚房的桌前發呆。

「嗨，你五點半左右出去了嗎？」她問。「我打過電話回家想告訴你會晚一點回來。」

「因爲奶油沒了出去買一下。」我說了謊。

「去銀行了沒有？」

「當然去了。」我回答。

「貓呢？」

「找不到。我照妳說的到後巷的空屋去了。可是連個影子也沒有。我想大概是到更遠的地方去了吧。」

久美子什麼也沒說。

吃過晚飯後我從浴室出來時，久美子正一個人孤伶伶地坐在電燈關掉的客廳黑暗裡。穿著灰色的襯衫安靜不動地蹲在黑暗中時，她看來就像被遺留在錯誤地方的行李一樣。

我用浴巾擦著頭髮，在久美子對面的沙發坐下。

「貓一定已經死了。」久美子小聲地說。

「怎麼會呢?」我說。「一定是到什麼地方去開心地到處玩著呢。不久肚子餓了就會回來的。以前不是同樣也有過一次嗎?住在高圓寺的時候也是……」

「這次不一樣了。這次不是這樣的。我知道。貓已經死了,正在什麼地方的草叢裡腐爛中。你到空屋的草叢去找過嗎?」

「喂,不管怎麼空屋也是別人家的房子啊,總不能隨隨便便進去吧。」

「那你到底去那裡找了?」妻說。「你根本就沒打算要找到貓,所以才找不到的。」

我嘆了一口氣再一次用浴巾擦頭髮。我正想說什麼,但知道久美子正在哭於是作罷。沒辦法算了,我想。那是剛結婚之後開始養的,她一直很寵愛的貓。我把浴巾丟進浴室的待洗衣籠,走到廚房從冰箱拿出啤酒來喝。眞是亂七八糟的一天。亂七八糟的一年的,亂七八糟的一個月的,亂七八糟的一天。

綿谷昇,你在哪裡?我想。發條鳥難道沒爲你上發條嗎?

簡直就像詩句嘛。

綿谷昇
你在哪裡?
發條鳥沒爲你
上發條嗎?

啤酒才喝了一半時電話鈴開始響了。

「妳去接呀。」我朝著客廳的黑暗方向喊道。

「我不要，你去接呀。」久美子說。

「不想接。」我說。

沒有人回答的電話鈴聲一直繼續響著。鈴聲在黑暗中遲鈍地攪拌著浮在空中的灰塵。我和久美子在那之間一句話也沒說。我喝著啤酒，久美子不出聲地繼續哭著。我數著鈴聲到第二十聲，接下來就隨它響了。這東西總不能永遠數下去。

2

滿月和日蝕，在馬廄裡陸續死去的馬

一個人，要完全瞭解另外一個人，到底有沒有可能？

也就是說，你爲了要瞭解一個人，花了很長的時間，不斷地認眞努力，那結果我們到底能夠接近那對象的本質到什麼程度呢？我們對於我們深信非常知道的對方，其實眞的知道了什麼重要的事嗎？

我開始認眞思考這件事，是從辭掉法律事務所的工作大約經過一星期左右以後。在我過去的人生過程裡，我從來沒有一次眞正確實地擁有過那種疑問。爲什麼呢？大概是因爲在確立自己的生活這作業上已經窮於應付。而且要思考自己的事情也太忙碌了吧。

正如世界上重要的事物大體上都一樣，我會抱有那樣的疑問，契機是非常細微的事。久美子急急忙忙吃過早餐離開家之後，我把要洗的衣服丟進洗衣機裡，在那時間裡整理床鋪、洗盤子、用吸塵器把地板吸過。然後和貓一起坐在簷廊下，看著報紙上的徵人啓事啦、拍賣廣告之類的。到了中午，作簡單的一人份午餐吃，到超級市場去買菜。買好晚餐的菜，在拍賣品區買了清潔劑、面紙和衛生紙。然後回家準備晚餐，躺在沙發一面看報紙一面等妻回來。

因爲那時候失業還不久，因此這種生活對我來說倒還很新鮮。已經既不必擠客滿電車去上班，也不必和不想見的人見面。既不必接受什麼人的命令，也不必命令什麼人了。既不必和同事一起到附近擁擠的餐廳吃中午的快餐，也不必向別人報告昨天夜晚棒球比賽的情形了。即使讀賣巨人軍的四號打擊手在二出局滿壘的情況下本來想打出全壘打卻遭到三振出局，都跟我無關了。眞是太棒了。而且比什麼都棒的是，可以在自己高興的時候，讀自己喜歡的書。這樣的生活不知道能夠持續到什麼時候。不過至少現在我對於這一星期以來連續的悠閒自在生活很滿意，至於未來的事就盡量努力不去想它。這對我的人生來說很可能是像休假一樣的東西。總有一天會結束。不過在結束之前，何不好好享受享受呢？我想。

不管怎麼說，已經好久沒有像這樣純粹爲了自己的快樂而讀書了，尤其是讀小說。這幾年來所讀的書，說起來不是和法律有關的，就都是一些爲了在上班通勤的電車上能夠方便閱讀的湊合性的書。雖然沒有人這樣規定，但在法律事務所上班的人如果手上拿著多少還値得一讀的小說的話，雖然並不至於被說成是品性不良，卻會被視爲不太受歡迎的行爲。如果被人家發現我的公事皮包裡，或書桌抽屜裡有那樣的書的話，我想人們一定會像看到一隻得了皮膚病的狗一樣地看我吧。而且一定會這樣說吧，「啊哈，你喜歡看小說啊。我也喜歡看小說噢。年輕的時候看了好多呢。」對他們來說，所謂小說這東西是在年輕的時候看的。就像春天採草莓，秋天收穫葡萄一樣。

但那天傍晚，我卻沒辦法像平常那樣埋頭於讀書的喜悅裡。因爲久美子沒回來。她就算晚一點大體也都會在六點半以前回到家，如果會比較晚的話，就算會晚個十分鐘也一定會先聯絡的。關於這類的事她的性格是過分認眞的認眞。不過那天，過了七點久美子依然沒回家，也沒打電話回來。我已經把菜準備好，只等久美子一回來立刻就可以開始做菜了。不是什麼了不起的菜。只不過是牛肉薄片、洋葱、青辣椒和豆芽，用中華炒菜鍋大火一起炒，灑上鹽巴和胡椒，澆上醬油。然後最後再唰啦一聲澆一點啤酒。一個人生活的時候，經常這樣做。飯已經煮好了，味噌湯也在熱著，青菜也切好分別放在大盤子上，隨時都可以下鍋炒了。但久美子卻沒回來。我肚子餓了，想想要不要把自己吃的份先做好吃了呢？不過不知怎麼卻提不起勁。雖然沒有什麼特別的根據，但覺得那似乎是不太妥當的行爲。

我坐在廚房桌前喝起啤酒，嚼了幾片殘留在食品櫃深處已經起潮不脆了的蘇打餅乾。然後時鐘的短針已經快要接近七點半的那一點了，然而我就那樣只是呆呆望著它通過那一點。

結果久美子回到家時已經過了九點。她一副精疲力盡的樣子。眼睛紅紅的，布滿血絲。那是個惡兆。她的眼睛變紅的時候，一定會有什麼不好的事發生。我對自己說。（冷靜穩住。多餘的閒話什麼也別說。儘量安靜地、自然地、別刺激她。）

「對不起。工作怎麼也解決不了。好幾次想打電話，可是因爲各種原因沒辦法聯絡。」

「沒關係。不要緊，別放在心上。」我若無其事似地說。而且說眞的，我並沒有不高興。我自己也曾經有過幾次這種經驗。出外工作並不是一件簡單的事。不像從自己家庭院裡摘一朵開得最美的玫瑰花，送去隔兩條馬路前面，因爲感冒而躺在床上的老祖母的枕頭邊，一天就結束的那樣和平美好的事情。偶爾也不得不和一些無聊的傢伙在一起做一些無聊的事。有時候就是無論如何都找不到機會可以打電話回家。「今天晚上會晚一點回家。」打這樣一通電話回家只要三十秒就足夠了。電話也到處都有，然而有時候就是辦不到。

於是我開始做菜。把瓦斯火點著、在鍋裡放油。久美子從冰箱拿出啤酒，從餐具櫥拿出玻璃杯。並檢查一下我正要開始做的料理。然後就什麼也沒說地坐在桌子前，喝起啤酒。從她臉上看來，啤酒似乎並不怎麼美味。

「你可以先吃的啊。」她說。

「沒關係呀。反正我肚子也不怎麼餓。」我說。

當我在炒著肉和青菜時，久美子站起來走到洗手間。聽得見她在洗臉台洗臉、刷牙的聲音。過一會兒從洗手間出來時，她兩手上好像拿著什麼東西。是我白天在超級市場買回來的面紙和衛生紙。

「你怎麼買這種東西回來呢？」她以疲倦的聲音對我說。

我手上還拿著中華炒菜鍋看著久美子的臉。然後看看她手上拿著的面紙盒和衛生紙包。她正想說什麼呢？我真是想像不到。

「我真不明白。」我說。「那不就只是面紙和衛生紙而已嗎？沒有了不是很麻煩嗎？雖然還有一些存貨，但多了也不會壞掉啊。」

「你要買面紙或衛生紙一點都沒關係喲。那是當然的吧。我在問的是，為什麼買了藍色的面紙和有花紋的衛生紙回來的這件事啊。」

「這我又不明白了。」我很有耐心地說。「確實藍色的面紙，和有花紋的衛生紙是我買的。兩種都在拍賣很便宜呀。鼻子不會因為用藍色面紙擤就變成藍色。有什麼不好呢？」

「不好。我討厭藍色的面紙，和有花紋的衛生紙。你不知道嗎？」

「不知道。」我說。「不過妳有什麼討厭它的理由嗎？」

「為什麼討厭，我沒辦法說明。」她說。「你不是也討厭電話加套子、有花紋的熱水瓶、附有釘頭的喇叭牛仔褲嗎？我不討厭擦指甲油。這總不能一一說明理由吧？那只是喜歡或討厭而已呀。」

這些理由我都可以全部說明。不過當然我沒那樣做。「我明白了。那只是喜歡或討厭而已。非常明白。不過妳從結婚到現在的六年裡，難道一次也沒買過藍色的面紙或有花紋的衛生紙嗎？」

「沒有。」久美子斬釘截鐵地說。

「眞的？」

「眞的啊。」久美子說。「我買的面紙顏色只有白色或黃色或粉紅色，這樣而已。而且我買的衛生紙一直都絕對是沒有花紋的。你一直都跟我生活在一起，居然會沒注意到這個，眞是令人吃驚啊。」

對我來說這也令人吃驚。這六年之間，我居然連一次也沒用過藍色的面紙和有花紋的衛生紙。

「還有如果順便讓我多說一句的話。」她說。「我最討厭牛肉和青椒一起炒了。這你總該知道吧？」

「不知道。」

「總之我討厭就是了。你不要問理由。我不知道爲什麼，不過這兩樣東西放在鍋子裡一起炒的時候，那氣味我就是受不了。」

「妳這六年來，一次也沒有把牛肉和青椒放在一起炒過嗎？」

她搖搖頭。「青椒的沙拉我吃。牛肉和洋蔥會一起炒。不過從來沒有一次把牛肉和青椒放在一起炒過。」

「眞要命。」我說。

「不過你從來沒有把這當做疑問吧？」

「因爲我從來沒注意這種事情啊。」我說。我試著想想自從結婚以來到現在，有沒有吃過牛肉炒青椒呢？

不過想不起來。

「你就算跟我一起生活，其實卻幾乎從來沒注意過我的事，不是嗎？你是只想著自己的事情活著噢，一定是。」她說。

我關掉瓦斯，把鍋子放在爐台上。「喂，等一下噢。我希望你不要這樣把各種事情混在一起。確實或許我對面紙、衛生紙的事，還有牛肉和青椒的關係沒注意到。這點我承認。不過我想總不能因爲這樣，就說我對妳的事情一直都沒在意喲。事實上我對面紙的顏色不管是什麼色都無所謂。當然如果是漆黑的面紙放在桌上的話，那我想是會嚇一跳。不過不管是白色也好、藍色也好，我可沒興趣去注意喲。牛肉和青椒也是一樣。我對牛肉和青椒是不是曾經一起炒過，都無所謂。就算牛肉和青椒放在一起炒的行爲在這個世界上半永久性地喪失了，我也一點都不介意。這和妳這個人的本質幾乎沒有關係呀。不是嗎？」

久美子對這什麼也沒說。把玻璃杯裡剩下的啤酒用兩口喝乾，然後沈默地望著桌上的空瓶子。

我把鍋子裡的東西全部倒進垃圾箱。牛肉、青椒、洋蔥和豆芽，全都倒光在那裡面。眞奇怪，我想。在一瞬間之前那還是食物。現在那只不過是垃圾。我打開啤酒瓶栓，就著瓶子喝起來。

「爲什麼要倒掉？」她問。

「因爲妳討厭哪。」

「你吃就行了啊。」

「不想吃。」我說。「牛肉和青椒一起炒出來的東西已經不想吃了。」

妻聳了一下肩。「隨你高興。」她說。

然後她把兩隻手腕放在桌上，臉伏在那上面。她就那樣一直不動。既沒有哭，也沒有睡。我望一望爐台上變空的鍋子，望一望妻，然後喝一口剩下的啤酒。要命，我想。到底怎麼了？只不過是面紙和衛生紙和青椒，不是嗎？

我走到妻身邊，把手放在她肩上。「嗨，我知道了。再也不會買藍色的面紙，和有花紋的衛生紙。我發誓。已經買的明天我拿去超級市場換別的東西。如果不肯換，我就在院子裡把它燒掉。把灰拿到海邊去丟掉。關於青椒和牛肉已經解決了。也許還留下一點氣味，不過很快就會消失。所以把這件事忘掉吧。」

不過她還是什麼也沒說。如果她能就那樣走出家門，散步一個小時左右再回家，然後心情完全復原就好了，我想。不過這種事情發生的可能性是零。那是我必須用自己的手解決才行的。

「妳累了。」我說。「稍微休息一下，好久沒去附近的餐廳吃披薩了，要不要去吃。地中海沙丁魚和洋蔥的披薩一人各吃一半。偶爾到外面吃一次也不會挨罰的。」

然而久美子什麼也沒說。只是一直不動地把臉伏在那裡而已。

我再也沒話可說了。於是我在桌子對面坐下來，望著她的頭。從短而黑的頭髮之間看得見耳朵。耳垂上戴著我所沒看過的耳環。魚形狀的金色小耳環。久美子什麼時候在什麼地方買了那樣的耳環？好想抽煙。戒煙才不過一個月多一點而已。我想像著自己從口袋拿出香煙盒和打火機，含起一根帶濾嘴的香煙，正點上火的樣子。然後我猛然吸一口空氣到胸部。空氣混合著牛肉和青椒一起炒過的氣味刺激著鼻孔。說眞的，我肚子非常餓。

然後我眼睛忽然看了一下壁上掛的月曆。月曆上顯示著月亮的圓缺記號。月亮正逐漸接近滿月的地方。這麼說來快接近她的生理期了，我想。

老實說，我是因爲結婚之後，才第一次淸淸楚楚地感覺到自己眞的是住在這個叫做地球的太陽系第三行星上的人類的一員。我住在地球上，地球繞著太陽轉，而月亮則繞著那地球周圍轉。那不管你喜歡或不喜歡，都會永遠（和我生命的長度比較起來的話，在這裡用永遠這語言應該也沒什麼妨礙吧）繼續下去。我之所以會這樣想，是因爲妻幾乎正好每二十九天迎接一次生理期。而且那和月滿月缺眞是呼應得吻合極了。她的生理期很沈重，從那要開始的前幾天精神就變得極不安定，經常變得非常不開心。所以那對我來說，雖然是間接的，但卻是相當重要的循環。我對那開始有所防備，爲了不發生不必要的爭執我必須巧妙處理。結婚之前，幾乎沒注意過月亮的圓缺。雖然偶爾也會抬頭看看天空，但現在的月亮是什麼形狀，是跟我毫無關係的問題。不過結婚之後，我變得大概經常會把月亮的形狀放在腦子裡。

過去我曾經交過幾個女孩子，當然她們也各有生理期。有的輕、有的重、有只繼續三天的、有整整連續一星期的，有確確實實規則地來的，有遲個十天才來而對我冷冷淡淡的。有變得非常不開心的，也有幾乎毫不在意的。不過一直到和久美子結婚爲止，我卻從來沒有和女孩子一起生活過。對我來說，自然的周期，說起來只有季節的巡迴而已。冬天到了把大衣拿出來，夏天到了把涼鞋拿出來。這樣而已。但由於結婚，我和同居人一起，都變成對月亮的圓缺擁有了新的周期概念。她只有幾個月的期間缺少那周期。那之間她懷孕了。

「對不起。」久美子抬起臉來說。「我並沒有打算對你發洩喲。只是有點累，情緒不穩而已。」

「沒關係。」我說。「別介意。累的時候還是對誰發洩一下比較好。發洩一下會暢快得多。」

久美子慢慢吸進一口氣，暫時讓它停在肺裡，然後又慢慢吐出來。

「你又怎麼呢？」她說。

「我又怎樣了嗎？」

「你就算累了也不會對誰發洩吧？我覺得好像都是我一個人在發洩似的，這是爲什麼呢？」

我搖搖頭。「我沒注意到這個。」

「你身體裡面是不是有一個像深井一樣的東西開著呢？而且如果朝那裡叫一聲『國王的耳朵是驢子的耳朵』的話，大概很多事情都可以順利解決吧。」

我想想她說的話。「也許是噢。」我說。

久美子又再一次看空瓶子。看瓶子的標籤、看瓶子的口，然後拿起瓶頸的地方團團旋轉著。

「我生理期快要來了。所以才這樣焦躁吧。」

「我知道。」我說。「不過別在意。不只是妳才會受影響，連馬在滿月的時候也會死掉很多。」

久美子把瓶子放下，張開嘴巴看我的臉。「你說什麼？爲什麼忽然冒出馬的事情呢？」

「上次看到報紙啊。我一直想跟妳說，但忘記說了。有一個地方的獸醫在被採訪的時候說的，馬不管肉體上也好精神上也好，都是深受月亮的圓缺影響的動物。隨著滿月的接近，馬的精神波動就會非常亂，肉體上也會出現各種麻煩。滿月的夜裡很多馬都會生病，死掉的馬數也壓倒性地增加。爲什麼會變這樣，誰也不知道正確的原因。不過看看統計數字確實是這樣。據說專門看馬的獸醫，在滿月那天忙得連睡覺的時間都沒有呢。」

「哦。」妻說。

「不過比滿月更糟的是日蝕。日蝕那天馬所處的狀況就更悲劇性了。日全蝕那天多少馬死掉，我想妳一定想像不到。總之，我想說的是，即使是現在這樣的時候，世界上的某個地方馬正一一倒下死掉噢。比起那個來，妳對誰發洩一下也沒什麼不好啊，這種事你不用放在心上。試著想像一下快要死的馬看看。想想滿月的夜裡躺在馬廄的稻草上，一面口吐著白沫，一面苦悶地喘氣的馬噢。」

她好像暫時想了一下在馬廄裡陸續死去的馬。

「你眞的是有不可思議的說服力喲。」她似乎放棄似的說。「這點不得不承認。」

「那麼換衣服，到外面去吃披薩吧。」我說。

那天夜裡，我在關了燈的臥室裡，躺在久美子旁邊一面望著天花板，一面問自己對這個女人到底知道什麼呢？時鐘指著上午二時。久美子睡得很熟。我在黑暗中，想著藍色的面紙、有花紋的衛生紙、牛肉炒青椒的事。我活到現在居然一直不知道她對這些無法忍受。這些確實是些無聊的芝麻小事。本來可以一笑置之就過去的程度。並不是需要大吵大鬧的問題。也許在幾天之內我們就會忘掉這種無聊的爭吵了。

然而我對這件事卻奇怪地在意起來。簡直就像喉嚨裡卡著一根小魚刺似的，令我覺得不自在。「那也許已經是更致命的事情也說不定」，我所思考的是這個。「那很有可能是致命的」。或者那實際上，是某種更大的、致命的事情的開端而已。那也許只是個入口而已。而且在那深處，還有我所未知的只屬於久美子的廣大世界也說不定。那令我想像到一個漆黑的巨大房間。我拿著一個小打火機進入那房間，以打火機的火所能夠看見的，只不過是那房間的極小部分而已。

我是不是有一天能夠知道那全貌呢？或者我到最後爲止依然對她不太瞭解就那麼老下去呢，而且死去呢？如果是那樣的話，我這樣過著的結婚生活到底又算什麼呢？而且和這樣未知的對象一起生活，躺在同一張床上睡覺的我的人生又算是什麼呢？

那是我當時所想的事情，也是後來一直斷斷續續繼續想的事情。而且雖然在很久以後才知道，那時候其實我正一腳踏進了問題的核心。

3

加納馬爾他的帽子，果凍色調和亞倫金斯柏格與十字軍

我正在準備午餐的時候，電話鈴又響了。

我站在廚房切好麵包，塗上奶油和芥末，夾上蕃茄片和起司。並把那放在切菜板上，正要用刀子切成兩半。就在這時候電話打來了。

我讓電話鈴響了三次之後，用刀子把麵包切成兩半，把它放在盤子上，把刀子擦乾淨收進抽屜裡，然後把預先熱好的咖啡倒進杯子。

這樣電話還是繼續響個不停。我想大概響了有十五次左右吧。我放棄地拿起聽筒。如果可能的話我是不想接電話的。不過那也有可能是久美子打的電話。

「喂。」女人的聲音說。沒聽過的聲音。既不是妻的聲音，也不是上次正在煮義大利麵時打奇怪電話來的女人的聲音。是別的，我不認識的女人的聲音。

「請問這是岡田亨先生的府上嗎？」女人說。感覺上好像把寫在紙上的文章照著唸出來似的說法。

「是的。」

「是岡田久美子太太的先生嗎？」
「是的。岡田久美子是我內人。」
「綿谷昇先生是您太太的哥哥嗎？」
「是的。」我很有耐心地說。「確實綿谷昇是內人的哥哥。」
「我姓加納。」
我什麼也沒說地等對方繼續說下去。突然冒出內人哥哥的名字，使我警戒不少。我用放在電話機旁的鉛筆背搔著脖子後面。大約五秒或六秒，對方沈默著。從聽筒不但聽不見聲音，也聽不見其他任何聲響。或許那個女人用手堵著說話口，而和旁邊的什麼人講著話也說不定。
「喂。」我擔心起來試著出聲招呼。
「對不起失禮了。那麼我會再重新打電話來。」女人突然說。
「喂，請等一下。這是——」但那時候電話已經切斷了。我手一時還拿著那聽筒，注視了一下。然後再一次把耳朵貼在聽筒上試試看。但沒錯電話已經切斷了。
總覺得情緒還沒辦法收拾，便面對著廚房的桌子喝咖啡、吃三明治。我已經想不起，那通電話打來之前自己在想什麼了。右手拿著刀子，準備切麵包時，我確實在想著什麼。那好像是什麼重要的事。想要回想但卻很久都想不起來之類的事。那在準備把麵包切成兩半時，忽然浮上我的腦海。但現在，那是什麼呢？卻完全想不起來了。我一面吃著三明治，一面努力回想，那是什麼？不過不行。那記憶已經回到它以前生息著的意識的黑暗邊土去了。

吃完午餐，正在清理盤子的時候，電話鈴又響了。這次我立刻拿起聽筒。

「喂。」女人說。是妻的聲音。

「喂。」我說。

「還好嗎？吃過午餐了嗎？」她說。

「吃過了。妳吃什麼？」我問。

「什麼也沒吃。」她說。「從早上一直忙，所以沒空吃東西。再過一會兒，到附近去買三明治回來吃。你中午吃了什麼？」

我說明自己吃的東西。「哦。」她說。似乎並沒有多羨慕的樣子。

「早上想跟你說卻忘記了，我想有一位姓加納的人今天會打電話給你。」她說。

「已經打了。」我說。「剛剛打的。把我和妳的和妳哥哥的名字排出來，然後什麼事也沒說就掛掉電話了。那到底是怎麼回事？」

「掛斷了嗎？」

「嗯，說還會再打來。」

「那麼如果加納小姐再打一次來的話，你就照她說的做吧。因爲是重要的事，我想會要你去跟她見面吧。」

「去見面，今天現在？」

「今天有什麼預定或約定嗎？」

「沒有。」我說。昨天也沒有今天也沒有明天也沒有，我沒有任何預定或約定。「不過加納小姐是誰呀？還有到底有什麼事找我？妳能不能告訴我。我也希望能多少先知道一下是什麼事。如果跟我的就業有什麼關係的話，我希望這不要牽涉到妳哥哥。這我以前也曾經說過。」

「這不是關於你就業的事。」她以一副嫌麻煩的聲音說。「是跟貓有關的。」

「貓的事？」

「嘿，很抱歉，我現在一時沒空。人家在等我呢。我是勉強打的。我不是說過連中飯都還沒吃嗎，可以掛電話了嗎？如果有空我會重新再打。」

「我知道妳忙啊。不過，把這樣莫名其妙的事突然往我身上推過來，我也傷腦筋哪。貓到底怎麼了呢？那叫做加納的人到底——」

「總之請你照她說的做就是了。明白嗎？這是認眞的噢。你不要出去，好好在家，等那個人的電話。那我要掛斷了噢。」她說。然後掛斷。

兩點半電話鈴響時，我正在沙發上打瞌睡。剛開始時，我以爲那是鬧鐘的鈴聲。然後伸手想把按鈕按下，讓鈴聲停止。但旁邊並沒有鬧鐘。原來我睡的不是床上，而是沙發上。而且時間不是早晨，是下午。我站起身走到電話旁。

「喂。」我說。

「喂。」女人說。是和中午以前打來的同一個女人的聲音。「請問您是岡田亨先生嗎？」

「是的，我是岡田亨。」

「我姓加納。」

「剛才打來過的嗎？」

「是的。剛才眞是非常抱歉。不過不知道岡田先生今天從現在開始有沒有什麼預定？」

「沒有什麼稱得上特別預定的事。」我說。

「那麼雖然我知道非常冒失唐突，不過現在可以跟您見個面嗎？」女人說。

「今天，現在嗎？」

「是的。」

我看看時鐘。因爲三十秒之前才剛剛看過，實在沒有必要看的，不過爲了愼重起見又再看了一次。時鐘依然是午後二時半。

「那會花很長時間嗎？」我試著問。

「我想應該不會太花時間。不過或許會比預料中長也不一定。現在這時候我也沒有辦法正確奉告。眞是不好意思。」女人說。

不過那不管要花多少時間，我都沒有選擇的餘地。我想起久美子在電話裡說的話。她跟我說，照對方說的去做吧。因爲那是認眞的重要事情。所以總之我就只好照她說的去做了。如果她說那是認眞的，那麼那就是認眞的事了。

「我明白了，那麼我要到什麼地方去好呢？」我問。

「岡田先生不曉得知不知道品川車站前面有一家太平洋飯店？」她說。

「知道。」

「一樓有咖啡廳。四點鐘我在那裡等您。這樣好不好？」

「很好。」

「我三十一歲，戴著紅色的塑膠帽子。」她說。

要命，我想。這女人說話的方式不知道什麼地方有點奇怪，我想。那奇怪使我一瞬間感到混亂。但那女人說的話到底什麼地方怎麼奇怪法，我也無法解釋清楚，沒有任何理由說三十一歲的女人不能戴紅色塑膠帽子。

「我明白了。」我說。「我想大概可以找到。」

「那麼爲了愼重起見，可不可以請岡田先生告訴我您外表的特徵？」女人說。

我試著就自己的外表特徵重新思考了一下。我到底有什麼外表特徵呢？

「三十歲。身高一七二公分，體重六十三公斤，短頭髮。沒戴眼鏡。」不，這實在不能說是特徵啊，一面說明一面想到。擁有這種外表的人，在品川太平洋飯店的咖啡廳裡或許有五十個人左右也不一定。我以前去過那裡。那是個非常大的咖啡廳。大概需要什麼更引人注目的特別特徵吧。但我實在想不起任何一點那樣的特徵。當然並不是說我沒有特徵。我擁有 Miles Davis 簽名的「西班牙素描」。脈搏相當慢，通常一分鐘四十七次，即使發燒到三十八點五度的高熱時，脈搏也只有七十次而已。失業期間，把《卡拉馬佐夫的兄弟們》的兄弟名字全部記住了。但這些事情當然從外表是看不出的。

「您打算穿什麼衣服來呢？」女人問。

「噢這個啊。」我說。不過我不太能思考。「不知道。還沒決定呢。因爲實在太突然了。」

「那麼請您繫小雨點的領帶來。」女人以斬釘截鐵的聲音說。「岡田先生有沒有小雨點的領帶?」

「我想有。」我說。我有一條深藍底的奶油色小雨點的領帶。那是兩年或三年前我生日時妻送我當生日禮物的。

「請繫那條。那麼我們四點鐘見面。」女人說。然後掛斷電話。

我打開衣櫥尋找小雨點的領帶。但領帶架上卻沒有小雨點的領帶。我把抽屜全部打開來看。壁櫥裡的衣箱也全都打開來看。但到處都沒有小雨點的領帶。如果那條領帶在家裡的話,我絕對應該已經找到了。久美子總是把衣服整理得非常整齊,而且我不認爲我的領帶會放在我經常放的地方以外的地方。衣服都和平常一樣,我的和她的都乾乾淨淨整理得很好。襯衫沒有一絲縐紋地收在抽屜裡,放毛衣的箱子裡舖了好多的防蟲劑。甚至一打開蓋子眼睛就會痛的地步。有一個箱子裡放著她學生時代的衣服。迷你的花洋裝、高中的深藍色制服,感覺像是老相簿似的收藏在那裡。爲什麼要把這些東西特地保存著呢?我眞摸不透。也許因爲沒有丟掉的機會就一直保存到現在也不一定。或許有一天會寄去給孟加拉共和國也不一定。或者打算一直留來當文化資料也說不定。不過總之,我的小雨點領帶到處都找不到。

我手還放在衣櫥門上,試著回想我最後繫那條領帶是在什麼時候。不過怎麼也想不起來。那是一條品味很好的雅緻領帶。繫著去法律事務所是稍嫌華麗了些。如果我繫那條領帶去事務所的話,中午休息時間就會有人走過來,說「好帥的領帶喲,顏色既好,感覺也很明朗。」之類的,說好半天吧我想。不過那是一種警告。在我所上班的事務所，領帶被稱讚絕對不是一件名譽的事。所以我沒有繫那條領帶去上班過。繫那條領帶不是去聽音樂會，就是去參加正式晚宴的時候，只限於這種私人性的，而且比較正式的場合。也就是說妻會對我說「今天穿整齊一點出去吧」的場合。雖然沒有很多這種機會，但遇到那樣的時候，我就會繫那條小雨點的領帶。和深藍色的西裝很搭配，而且妻也喜歡那條領帶。不過最後一次是什麼時候繫那條領帶的呢？我完全想不起來。

我眼睛又再一次往衣櫥裡巡視一遍，然後放棄了。小雨點的領帶已經因爲某種原因而消失到什麼地方去了。沒辦法。我穿上深藍色西裝，藍色襯衫，打一條斜條紋的領帶。總會有辦法吧。也許她找不到我。不過只要由我這邊去找戴紅帽子的三十一歲的女人就行了。

我穿著那套西裝坐在沙發，定定地望著牆壁一會兒。好久沒穿西裝了。雖然一年適合穿三季的深藍色西裝，通常在這個季節穿是有些熱，但幸虧那天下雨，因此以六月來說，肌膚還有些覺得涼。那是我工作的最後一天（還是四月間）穿的同一套西裝。我忽然想到試著在西裝的每一個口袋摸看看，從胸前口袋的底部，找到一張去年秋天日期的收據。是一張在什麼地方搭計程車的收據。如果向事務所申請的話，應該可以領到錢的，但現在已經太遲了。我把那張收據揉成一團，丟進紙屑箱。

辭掉工作之後大約有兩個月之間，我一次也沒穿過這套西裝。隔這麼久之後穿起來，覺得自己的身體好像被什麼異質性的東西硬包起來似的。那既沈重又僵硬，總覺得不貼身。我站起來，在屋子裡來回走了一會兒，走到鏡子前面拉拉袖子和領子讓它服貼身體。把手腕儘量伸直，深呼吸，彎彎身體，確認一下這兩個月來體型是不是改變了。然後重新坐回沙發。不過還是安定不下來。

直到那個春天爲止我每天都穿著西裝上班，那時候從來沒有特別感覺到類似不舒服之類的東西。我上班的法律事務所對服裝相當嚴格，連像我這樣的下級職員都要求穿西裝。所以我很理所當然地，就穿西裝去上班。

但現在這樣穿著西裝一個人坐在客廳的沙發上時，卻覺得自己好像在做著什麼錯誤的品行不良的行爲似的。好比懷著什麼卑鄙目的詐稱經歷，或悄悄穿上女裝，或那一類感覺的虧心不安。我逐漸覺得呼吸困難起來。

我走到玄關，從收藏鞋子的櫃裡拿出茶色皮鞋，用鞋拔穿上，皮鞋上薄薄地積了一層白色的灰塵。

我沒有必要去尋找那個女人。女方已經先發現我了。我到達咖啡廳時，就先在店裡繞一圈想找看看紅帽子。然而並沒有看到任何一個戴紅帽的女人。看著手錶，離四點鐘還有大約十分鐘。我在椅子上坐下，喝著送來的水，向女服務生點了咖啡。於是一個女人從後面喊我的名字。「是岡田亨先生吧。」我吃一驚回過頭。在店裡巡視一下，我坐下來還不到三分鐘呢。

女人穿著白上衣外套，黃色絲襯衫，戴著紅色塑膠帽子。我反射性地站起來，面對那女人。說起來算是漂亮的美女。至少比我從電話的聲音所想像的漂亮多了。體型苗條，化粧很淡。穿著也很雅。她所穿的上衣外套和襯衫，都是手工良好的高級品。上衣襟上閃著羽毛形的金別針。看起來可以說像一個一流公司的祕書也不爲過的樣子。只有紅帽子卻總好像顯得放錯了地方似的。對服裝那樣用心，爲什麼卻非要戴一頂紅色塑膠帽不可呢?我眞弄不清楚理由何在。或許只是在互相辨認的時候爲了好認所以每次都以那紅色帽子當記號戴也說不定。我想那倒是個不錯的想法。因爲從醒目與否的觀點來看，確實是很醒目。

她在對面的座位坐下，我也重新坐回自己的位子。

「難得妳居然認出我了。」我覺得奇怪地問。「我沒有找到小雨點的領帶。絕對應該在什麼地方的，卻怎麼也找不到。所以沒辦法繫了條紋的領帶來。我想由我來認妳的。結果妳怎麼認出我了呢？」

「當然認得出。」女人說。然後把手上拿的白色漆皮皮包放在桌上，脫下紅帽子蓋在那上面。皮包完全被帽子隱藏起來。簡直就像現在開始要變魔術了似的氣氛，帽子拿起來的話裡面的皮包就會消失掉似的。

「因爲領帶的花紋不一樣啊。」我說。

「領帶？」她說。然後以不可思議的眼光看著我的領帶。一副好像這個人到底在說什麼似的表情。然後點點頭。「沒關係。請不用介意這小事情。」

感覺好奇怪的眼睛啊，我想。非常沒有深度的樣子。明明是漂亮的眼睛，卻好像什麼也沒在看的樣子。就像義眼一樣地平面。不過當然不是義眼。那確實在動著，在眨著。

爲什麼在這樣混雜的咖啡廳裡，能夠立刻認出初次見面的我呢？我完全無法理解。寬大的咖啡廳幾乎是客滿的，而且跟我類似年紀的男人又到處都是。我想問她能夠立刻認出我的理由。不過又似乎覺得最好閒話少說比較好。因此我沒有再多說什麼。

女人把一個忙得團團轉的服務生叫住，點了沛綠雅(Perrier)礦泉水。服務生說沒有沛綠雅礦泉水。不過Tonic 奎寧水倒是有。女人想了一下，然後說，那個也好。直到 Tonic 水送來之前，女人什麼也沒說地沈默著。我也沈默著。

女人終於把桌上的紅帽子拿起來，打開放在那下面的皮包金屬絆扣，從裡面掏出比卡式錄音帶尺寸小一點的，有光澤的黑皮夾來。那是個名片夾。名片夾也有金屬絆扣。有金屬絆扣的名片夾我還是第一次看到。她從裡面很慎重地拿出一張名片給我。我也想遞一張名片給她，但伸手到西裝口袋裡後，才想起自己沒帶名片。

名片是一張薄塑膠做的，好像有一股微微的香氣似的。拿到鼻子下試聞一下，那香氣就更明確了。不錯是香的。而且上面只有一行字，用黑黑的小字寫著名字。

加納馬爾他

馬爾他？我想。

然後我翻到背面看看。

什麼也沒寫。

當我正在對那張名片的意思想東想西時，服務生走過來，在她前面放一個加了冰塊的玻璃杯，倒了半瓶Tonic水。玻璃杯裡有一片切成楔形的檸檬。然後拿著銀色咖啡壺和托盤的女服務生走過來，在我前面放下咖啡杯，在裡面注入咖啡。並且像是把惡運神籤推給別人似地，悄悄把帳單插在帳單插座上轉身走開。

「什麼也沒寫。」加納馬爾他對我說。因爲我又發呆地望了什麼也沒寫的名片背面一下。「只有名字而已。

既沒有電話號碼也沒有住址，對我沒有必要。因爲沒有人會打電話給我。是由我打電話給別人的。」

「原來如此。」我說。那無意義的搭腔，就像《小人國》裡出現的浮在空中的島一樣，暫時虛無地飄浮在餐桌的上空。

女人雙手像支持著玻璃杯似地拿著杯子，用吸管吸了一小口。然後微微皺了一下眉頭，好像不再有興趣了似地，把玻璃杯推到旁邊去。

「所謂馬爾他，並不是我眞正的本名。」加納馬爾他說。「加納眞的是我的姓。不過馬爾他是職業上的名字。從馬爾他島取的。岡田先生有沒有到過馬爾他？」

沒有，我說。我沒有去過馬爾他島。最近也沒有預定要去。連想都沒想過要去。我對馬爾他所知道的，只有哈布・阿爾帕托演奏的「馬爾他島之砂」而已。這是一首不敢領教的爛曲子。

「我在馬爾他待了三年。住在那裡三年。馬爾他這地方是個水很難喝的地方。眞是不能喝。簡直就像在喝用海水沖淡的水一樣。麵包也是鹹的，那並不是因爲放了鹽，而是因爲水本來就是鹹的。不過麵包的味道倒是不錯。我喜歡馬爾他的麵包。」

我點點頭，喝著咖啡。

「馬爾他雖然是一個水這麼難喝的地方，不過島上某個特定地方所湧出來的水，卻能對身體的組成產生很棒的影響。那甚至可以說是具有神祕性的特殊的水。那種水只有在馬爾他的那個場所才湧得出來。那泉水在山裡面，從山麓的村子要爬到那裡得花好幾個小時。」女人繼續說。「而且那水不能帶走或運走。那水移到別的地方就會失去效力。所有要喝那水的人，必須親自到那裡才行。關於那水的記述，還留在十字軍時代的文獻裡。

他們稱那水爲靈水。亞倫金斯柏格也去到那裡喝過那水。契斯理察得也去過。我在那裡住了三年。我是說在那個山麓的小村子。住在那裡學習種菜、織布。而且每天到那山泉去，喝那水。從一九七六年到一九七九年。曾經有過一星期之間，只喝那水什麼也沒吃。一星期之間除了那水之外，什麼也沒有吃進嘴裡。這種訓練是必要的。我想這也可以稱爲修行吧。這樣讓身體淨化。那眞的是非常棒的體驗。因爲這樣，我回到日本以後，就選擇馬爾他這個地名做爲我工作上的名字。」

「對不起，請問是什麼樣的職業呢？」我試著問她。

加納馬爾他搖搖頭。「正確說並不是職業。因爲並不是用這個來賺錢。我的任務是應人家要求解答疑難，或向大家談談身體的組成。也在研究對身體組成有效的水。錢不是問題。我自己有一點財產。父親在經營醫院，以生前贈與的方式分給我和妹妹股票和不動產。會計師幫我們管理。每年有固定的收入。我也寫了幾本書，從那方面也有收入，雖然少但總是有。我在身體組成方面的工作都是沒有報酬的。所以電話號碼和地址都沒寫。而是從我這邊打電話的。」

我點點頭。不過那只是點頭而已。她嘴裡說的話一句一句的意思我都可以理解。但那整體上意味著什麼，我卻搞不清楚。

身體的組成？

亞倫金斯柏格？

我情緒逐漸不安起來。我絕不是直覺敏銳型的人。不過那不會錯，有某種新的麻煩的氣味。

「很抱歉，可以請妳稍微有順序地說明好嗎？因爲剛才妻只告訴我，叫我跟妳見面請教有關貓的事。因此，現在聽妳說這些事，老實說我還弄不淸楚事情的前因後果，那跟我們家的貓有關係嗎？」

「是的。」女人說。「不過在那之前，我想讓岡田先生知道一件事。」

加納馬爾他又打開皮包的金屬絆扣，從裡面拿出一個白色信封。信封裡放著相片。她把那遞給我。「是我妹妹的相片。」加納馬爾他說。那彩色相片上照出兩個女人。一個是加納馬爾他，她在相片上也是戴著帽子。黃色編織的帽子。那帽子和服裝也一樣不祥地不搭配。妹妹——從她的話推測那是妹妹——穿著一九六〇年代初期流行的那種粉彩色套裝，並戴著和那搭配的帽子。人們過去好像把那樣的色調稱爲「果凍調」的樣子。我想像一定是喜歡戴帽子的姐妹吧。髮型酷似賈桂琳甘迺迪在當總統夫人時代的那個樣子。顯示噴了相當量的膠水。化粧有些過濃，但容貌本身是端莊的，不妨用美麗來表現，年齡大約是二十出頭到二十五之間。我看了一會兒之後那相片還給馬爾他。她把相片放回信封，收進皮包，合上金屬絆扣。

「妹妹比我小五歲。」加納馬爾他說。「而且妹妹被綿谷昇汚辱了。以暴力侵犯的。」

要命。我想。我眞想就那樣什麼也不說地站起來就走掉。不過總不能這樣。我從上衣口袋拿出手帕。並擦擦嘴邊，又把它放回同一個口袋裡。然後乾咳一下。

「詳細情形我不太瞭解，不過如果妳妹妹因此受傷的話，我也覺得非常難過。」我乾脆說了。「不過我想請妳先明白一件事，我和內人的哥哥並不怎麼親近。因此如果是有關那件事的話——」

「我並不是爲那件事在責備岡田先生。」加納馬爾他以斬釘截鐵的口氣說。「如果那件事情有誰應該受到責備的話，首先我就不得不被責備。因爲我不夠小心。本來我必須保護妹妹的。不過因爲有種種事情，而沒做到。你聽我說，岡田先生，這種事是有可能發生的。我想岡田先生也知道，這是一個充滿暴力的、混亂世界。而且在這世界的內部還有更暴力的、更混亂的地方。你知道嗎？已經發生的事是已經發生的事。我妹妹也許會從那傷害中，從那汚辱中復原，而且也不得不復原。那幸虧的是，並不是致命的事。這點我也對我妹妹說過，更糟糕的事都有可能。在這裡我最在意的問題，是妹妹身體的組成。」

「組成？」我反問道。看來她談的主題似乎都一貫和身體的組成有關。

「關於那件事的前後狀況我不能在這裡詳細說明。因爲又長又複雜，這樣說或許有點失禮，不過我想目前這個階段岡田先生要正確理解那事情的眞實內容恐怕有困難。因爲那是我們專門處理的世界的事。因此，我並不是爲了向岡田先生申訴那件事而把您請出來的。當然岡田先生您沒有任何責任。也不用向您提起。我只是想把妹妹因爲綿谷先生而就算是暫時性的也好，組成受到汚辱的事，讓岡田先生預先知道。我想或許以後岡田先生和我妹妹會有某種形式的關係也不一定。爲什麼呢？因爲剛才也已經說過了，妹妹是在做類似我的助手的工作。這種情況下，綿谷先生和我妹妹之間曾經發生過什麼，我想岡田先生還是先知道比較好。而且希望你知道這種事也是有可能發生的事實。」

然後暫時沈默了一陣子。加納馬爾他，以一副請稍微思考一下這件事的表情，一直安靜地沈默著。我也試著考慮了一下。關於綿谷昇侵犯了加納馬爾他的妹妹這件事，還有關於那和身體的組成之間的關係。還有關於這些和我們家行蹤不明的貓的關係。

「那麼妳是說。」我試著戰戰兢兢地提出。「妳和妳妹妹都不打算把這件事公開披露，或報警嗎？」

「當然。」加納馬爾他面無表情地說。「正確地說，我們並沒有責怪誰。我們只是想更正確地知道那是什麼所帶來的而已。如果知道而不解決的話，恐怕有發生更壞事情的可能性啊。」

我聽了稍微安心一點。我對綿谷昇因爲強姦罪被逮捕，被判有罪而坐牢並不特別在乎。甚至覺得遭遇那樣的事也好。不過因爲內人的哥哥在社會上算是相當有名的人，所以應該會變成不小的新聞，久美子因此一定會深受打擊不會錯。以我來說，爲了我自己的精神衛生，也不希望變成那樣。

「今天和您見面純粹是爲了貓的事。」加納馬爾他說。「因爲貓的事綿谷先生來找我商量。您的太太岡田久美子女士到綿谷先生那兒去找他商量貓失蹤的事，於是綿谷先生來找我商量。」

原來如此，這樣一來我才明白。原來她是通靈者或什麼的，我們家貓失蹤了找她商量。綿谷家全家從以前就對算命卜卦之類的很相信。當然這種事情是個人的自由。相信的人就去相信好了。不過，爲什麼非要偏偏去侵犯那種人的妹妹不可呢？爲什麼非要去惹這種不必要的麻煩不可呢？

「妳對於這一類的尋找東西很專門嗎？」我試著問她。

加納馬爾他以那沒有深度的眼睛凝視我的臉。好像一副從空房子的窗戶往屋裡窺伺似的眼神。從那眼神看來，她好像是完全沒理解我問題的用意似的。

「您住在很不可思議的地方噢。」她無視於我的問題。

「是嗎？」我說。「到底怎麼個不可思議法？」

加納馬爾他沒有回答這個。只把幾乎沒碰過的 Tonic 水的玻璃杯又再往旁邊推出大約十公分左右。「而貓這東西是很敏感的生物。」

我和加納馬爾他之間暫時沈默下來。

「我所住的地方是不可思議的地方，貓是很敏感的動物，這個我知道。」我說。「不過我們在那裡已經住很久了。我們和貓一起住的。爲什麼現在會突然跑掉呢?爲什麼不在更久以前跑掉呢?」

「雖然我不能明白說，不過大概是流向改變了吧?因爲某種關係流向被阻礙了吧。」

「流向?」我說。

「貓是不是還活著，我還不知道。但現在這時候，貓不在您家附近，這是可以確定的。因此不管在附近怎麼找，貓大概都不會出來。」

我拿起杯子，喝一口涼掉的咖啡。看得見玻璃窗外正下著細細的雨。天空烏雲低垂。人們撐著傘一副憂鬱的樣子在人行步道陸橋上上下下。

「請把手伸出來。」她對我說。

我右手掌朝上，放在桌上。我以爲對方要看看我的手相。但加納馬爾他似乎對手相完全沒有興趣。她把手筆直地伸出來，手掌疊在我的手掌上。然後閉上眼睛，保持那樣的姿勢一直安靜不動。簡直就像安靜地譴責不忠實的戀人一樣。女服務生走過來，一副好像沒看見我和加納馬爾他什麼話也沒說卻把手合放在桌上的樣子似的，在我的杯子裡幫我加咖啡。周圍桌的客人們偶爾往這邊偷瞄一眼。我一直想但願沒有認識的人在這裡。

「今天到這裡來以前，看過什麼東西，只要一件就可以，請想想看。」加納馬爾他說。

「只要一件嗎?」我問。

「只要一件。」

我腦子裡浮現妻的衣箱裡那件花花的迷你洋裝。不知道爲什麼。不過總之那就忽然浮現在腦子裡。

然後再過五分鐘左右，我們的手依然不動地就那樣接觸著。感覺上那非常長。不只因爲在意著周圍人偶爾投過來的眼光而已。而是她手的接觸方式裡，有某種令人情緒不能落實的東西。她的手相當小。而且既不冷也不熱。那種感觸既不像戀人的手那樣親密，也不像醫師的手那樣機能性。那手的感觸非常像她的眼睛。被她觸摸著時，就像被她注視著時一樣，覺得自己好像變成一間空蕩蕩的空屋子似的。裡面沒有家具，沒有窗簾也沒有地毯。只是個空空的容器而已。加納馬爾他好不容易終於把手從我手上離開，深深地深呼吸。然後點了幾次頭。

「岡田先生。」加納馬爾他說。「我想從現在開始會有一段時間將會有很多事情發生在你身上。貓的事恐怕只是這個的開始而已。」

「很多事情？」我說。「那是好事？或壞事呢？」

加納馬爾他好像在思考似的稍微偏著頭。「也有好事，也有壞事吧。也許也有猛一看像是好事的壞事，和猛一看像是壞事的好事。」

「依照妳這種說法，我聽起來只是像一般論而已呀。」我說。「能不能再給我一點更具體的訊息呢？」

「確實正如您說的，我所告訴您的確實聽起來像是一般論。」加納馬爾他說。「但岡田先生，所謂事物的本質，非常多的情況只能以一般論來說。這點請您理解。我們既不是占卜師，也不是預言家。我們能夠說的只有像那樣茫漠模糊的事情而已。那多半的情況是不值得特別一提的理所當然的事，有時候甚至是陳腐的。不過坦白告訴您，我們也只能夠說到這裡，而沒辦法再往前進了。或許具體性的事物確實能夠吸引人們的眼光。但這些的大部分只不過是瑣碎末端的事象而已。說起來這些其實是像不必要的多繞路而已。越是想往遠看，事物會變得越一般化。」

我默默點頭。不過當然我對她所說的事情，一點都不能理解。

「我可以再打電話給您嗎？」加納馬爾他說。

「嗯。」我說。其實我內心眞希望誰都不要打什麼電話給我。不過除了「嗯」之外我也無法回答。

她迅速拿起桌上的紅塑膠帽子，把隱藏在那下面的皮包提著站了起來。我不知道該如何反應，就依然坐在那裡不動。

「我只告訴您一件瑣碎的事。」加納馬爾他戴上紅色帽子之後，好像俯視著我似地說道。「您的小雨點領帶，會在家裡以外的地方找到噢。」

4

高塔與深井，或遠離諾門罕

我回到家時，久美子非常高興。甚至可以說是極其高興。我和加納馬爾他見過面之後，回到家是六點前，因此在久美子回來之前，我並沒有充裕的時間好好準備像樣的晚餐。所以只用冷凍食品做了簡單的晚餐。然後兩個人一面喝著啤酒一面吃。就像她平常心情好的時候那樣，談著工作的事。那天在辦公室遇到誰，做了什麼事，同事裡誰很能幹誰卻不行，之類的事。

我一面聽著一面漫應著。雖然大約只聽進一半左右，不過聽人說話本身我並不討厭。不管話的內容怎麼樣，我總是喜歡看她在餐桌上熱心談工作的姿態模樣。家庭，我想道。我們在那裡面分別盡著被分派的責任義務。她談著工作場所的事，我準備晚餐，並聽她說話。那和我結婚以前所模糊描繪的家庭景象相當不同。不過不管怎麼說，那是我所選擇的東西。當然我小時候也曾經擁有過自己的家庭。但那不是經由自己的手所選擇的。那是先天的，也就是不管你喜不喜歡就給你的東西。不過現在，我卻身在自己的意志選擇的後天的世界裡面。我的家庭。那當然很難說是完美的家庭。但不管有什麼樣的問題。基本上我是主動願意去接受我這個家庭的。那畢竟是我自己選擇的，而且我想如果那裡面有什麼樣的問題存在的話，那問題本身應該包含著我自己的本質吧。

「那麼，貓的事情怎麼樣了？」她問。

我簡單地說了一下在品川的飯店和加納馬爾他見面談話的情形。說了小雨點領帶的事情。說不知道怎麼會在衣櫥裡找不到小雨點領帶的事。而加納馬爾他在混雜的咖啡廳裡居然能立刻發現我。她的裝扮怎麼樣，講話的方式，這些事情。久美子對加納馬爾他的紅色塑膠帽感到很高興。不過對於我們行蹤不明的貓變怎麼樣了的問題卻得不到明確答案，她似乎有些失望。

「總之，貓怎麼樣了，她也不太清楚是嗎？」她臉色爲難地問我。「只知道一件事，就是貓不在這附近對嗎？」

「嗯，大概就是這樣吧。」我說。關於加納馬爾他所指出的我們住的地方是「被流所阻礙」的地方，這也許和貓的失蹤有關，這點我決定不提。因爲我想久美子一定會對這點很在意。我不想再增加麻煩。而且如果她說既然這是個不好的地方的話那麼我們立刻搬家吧，那可就傷腦筋了。首先以我們現在的經濟能力，要搬到別的地方就不可能。

「貓已經不在附近了——這是那個人說的啊。」

「那麼，也就是說那隻貓已經不會回家來了嗎？」

「那倒不清楚。」我說。「說法非常曖昧。全都是暗示性的。不過她說如果知道更詳細的事的話，會跟我們聯絡。」

「那個人說的話，你覺得可以相信嗎？」

「這個我可不知道。關於這方面的事情我完全是個門外漢。」

我在自己杯子裡注入啤酒，暫時看著那泡沫逐漸消沈下來。在那時間久美子在桌上托腮沈思。

「那個人，完全不接受任何金錢，或禮物呢。」

「幸虧這樣。」我說。「那麼一切都不成問題，不拿錢，不收魂，也不會把公主帶走。沒有任何損失啊。」

「我希望你瞭解，那隻貓對我是非常重要的存在喲。」妻說。「也可以說，那貓對我們是非常重要的存在。那隻是我們結婚後第二週，兩個人發現的貓噢，你記得嗎？撿到那隻貓的時候的事？」

「記得啊，當然。」我說。

「還是一隻小貓噢，被雨淋得像落湯雞似的。下大雨的日子，我到車站去接你。拿著傘。回家的路上在賣酒店旁邊發現那隻小貓被遺棄在啤酒箱子裡。而且那隻貓是我這輩子養的第一隻貓。那隻貓對我來說好像是一個重要的象徵似的噢。所以我不能失去那隻貓。」

「這個我很瞭解。」我說。

「不過不管怎麼找——不管你幫我怎麼找都找不到，失蹤已經過了十天了。所以沒辦法我才打電話給哥哥。問他認不認識可以幫忙找貓的占卜師和通靈人。也許你不喜歡拜託我哥哥什麼，不過他從我父親那裡傳來的，對那方面的人很熟噢。」

「家庭的傳統。」我以像黃昏掠過河川入海口的風一般涼的聲音說。「不過綿谷昇和她，到底是什麼關係認識的呢？」

妻聳聳肩。「一定是在什麼地方偶然認識的吧。最近他變得好像人面蠻廣的。」

「我想也是。」

「聽說那個人擁有非常優越的能力，不過人很怪。」妻一面用叉子機械性地撥著烤義大利通心粉一面說。

「你說她叫什麼名字?」

「加納馬爾他。」我說。「到馬爾他島去修行的加納馬爾他。」

「對了,那個加納馬爾他小姐。你覺得她怎麼樣?」

「這個啊。」我說。然後望著自己放在桌上的兩手。「至少跟她談話覺得不會無聊,所謂不會無聊是不壞的事噢。反正這世界上莫名其妙的事情多得很。而且必須有人去埋上那空白。既然必須有人把那埋起來,那麼與其由無聊的人,不如由不無聊的人來埋好得多了。不是嗎?比方說本田先生之類的。」

妻聽了之後好像很高興地笑了。「嘿,你不覺得他人不錯嗎?我蠻喜歡本田先生的噢。」

「我也是。」我說。

結婚一年多那時候,我們每個月一次,去拜訪那位叫做本田先生的老人家。他是對綿谷昇家評價很高的(和神有緣的)人之一,可是耳朵非常聾,經常聽不到我們所說的話。雖然戴了助聽器,不過還是可以說幾乎都聽不到。因此我們不得不用大得把紙門的紙震得嘩啦嘩啦響的聲音跟他說話。我曾經想過那樣壞的耳朵大概也不怎麼聽得到靈所說的話吧。或者正相反,反而是耳朵不好的人才容易聽到靈的話也不一定。他的耳朵是因為戰爭受傷才變壞的。他在一九三九年發生外蒙古戰爭時,以關東軍的下士官從軍,就在滿州、外蒙古國境地帶,和蘇聯和外蒙古的聯合部隊作戰時,被砲彈或手榴彈震破了鼓膜。

我們去見本田先生,並不是因為特別相信靈能力。我對這些並不關心,久美子比起她的雙親和哥哥,對那方面的超自然能力的信仰心也稀薄多了。雖然她對吉凶有點迷信,如果被預言說會不吉利的話就會心情大受影響。不過倒不會自己主動積極想去涉及這方面的事。

我們會去見本田先生，是因為她父親要我們去。說得更明白的話，那是他答應我們結婚的附帶條件。以結婚條件來說，是一件很奇怪的事，不過我們為了避免不必要的爭執就順從了。說眞的，我和久美子都不認為她父母會很容易就答應我們的婚事。她父親是公務員。雖然是新潟縣不能算富裕的農家次男，不過卻以領獎學金的優異成績從東京大學畢業，成為運輸省的菁英官僚。光憑這點我就覺得很了不起。但是，正如許多這一類人物一樣，往往自尊極高，而且獨善其身。習慣於命令別人，對自己所屬世界的價值觀絲毫沒有懷疑。對他來說階層組織(Hierarchie)就是一切。對比自己上層的權威很輕易地恭敬順服，對下面的人也毫不遲疑地強硬壓制。像我這樣既沒有地位沒有金錢也沒有家世，學歷既不怎麼樣，未來又幾乎等於毫無展望的，身無一文的二十四歲青年，我和久美子都不認為他會樂意接受我做為他女兒的結婚對象。因此我們原來打算如果遭遇她父母強烈反對時，我們就自己做主結婚，和他們無關地生活下去。我們深深相愛，而且還年輕。我們確信即使和父母斷絕關係，身無分文，只要兩個人在一起就可以幸福地過下去。

事實上我到她家去請求讓我們結婚時，她父母的反應非常冷淡。簡直就像全世界的冰箱門都同時一起打開了似的。然後他們開始對我的家庭背景展開徹底的調查。我家沒有什麼值得一提的特別好或壞的家庭背景。所以這樣做，只有浪費時間和費用而已。自己的祖先在江戶時代做了什麼，到那時候為止我完全不知道。根據他們的調查，我的祖先之中，以僧侶和學者的傾向比較多。教育程度整體來說屬於高的，但從現實上的有用性來說（也就是賺錢的才能）卻不怎麼受惠。既沒有稱得上天才的人物，也沒有犯罪者。既沒有領過勳章的人，也沒有和女明星一起自殺的人。其中只有一個曾經是新撰組的一員，雖然完全不知名，不過在明治維新的時候，爲了擔憂日本的未來前途而在某個寺院大門口切腹死掉。那是我的祖先裡面色彩最鮮明的人物。不過他們對這樣的祖先們似乎並沒有什麼太好的印象。

那時候我在法律事務所上班。他們問我是不是準備要考司法考試。我說是準備要考。事實上那個時候，雖然還相當迷惑，不過也曾經想過既然讀了就再努力一點向考試挑戰看看吧。但是如果調查一下我大學的成績，應該可以一目瞭然我考上的希望其實很渺茫。換句話說，我大概並不是一個和他們的女兒結婚的適當人選。

然而他們雖然不是很樂意卻也勉強答應了——那眞是接近奇蹟的事——那都是託本田先生的福。本田先生聽過有關我的種種情況之後，竟然斷言道，府上的千金如果要結婚的話，實在沒有比這更理想的對象了，如果小姐說要跟這個人結婚的話，絕對不能反對，那樣會帶來非常壞的結果。久美子的父母親，當時全面信賴本田，因此對這件事也就無法唱反調了。因此沒辦法只好接受我當他們女兒的丈夫。

不過對他們來說，我終究是個坐錯位子的局外人，一個未被邀請的不速之客。我和久美子剛結婚的時候，每個月兩次半義務性地去拜訪他們家和他們一起用餐，那眞是令人厭煩的經驗。是一種正好介於無意義的苦行和殘酷的拷問之間的行爲。用餐的時間，對我來說，他們的餐桌，感覺上好像新宿車站一般長。他們坐在對面吃著什麼談著話。但我的存在卻實在太遙遠了，在他們眼裡只不過是個微小的影子而已。結婚後大約經過一年左右，我和她父親激烈地吵了一架，從此以後就沒有再碰過面。這樣一來我總算能夠打從心底鬆一口氣。人不需要爲了無意義而不必要的努力而消耗自己。

不過結婚後有一段時間，我確實曾經盡量努力和妻的一家人保持良好關係。而和本田先生每個月見一次面，則是那些努力之中，顯然屬於痛苦最少的事了。

至於對本田先生的謝禮則全部都由妻的父親出。我們只要帶一瓶一升裝的酒，到目黑的本田家去，一個月拜訪一次就行了。而且只要聽他說話然後回家就行了。事情很簡單。

不過我們立刻就喜歡上本田先生。本田先生耳朵很聾，除了他每次都把電視放很大音量一直開著之外（那眞的是很吵），實在是一個感覺很好的老爺爺。他喜歡喝酒，我們帶一瓶一升裝的酒去，他就一臉開心的樣子。

我們每次都是上午時間去本田家。本田先生不管夏天或冬天都坐在和室的凹洞爐桌前。冬天就在那上面蓋上棉被底下點火取暖，夏天則沒有棉被也沒點火。雖然他好像是滿有名的占卜師，但他的生活卻極爲簡樸。與其說簡樸不如說是拋棄世俗更接近吧。房子很小，玄關只有一個人勉強可以穿脫鞋子程度的大小而已。榻榻米已經快磨破了，破玻璃窗用膠帶黏貼著。房子對面是汽車修理廠，總是有人在大聲怒吼著什麼。他穿的衣服是介於睡衣和工作服中間的那種東西，幾乎完全看不出不久的過去曾經洗過的任何痕跡。一個人過日子，每天有家政婦來打掃，做飯。不過不知道理由何在，他似乎堅決拒絕人家幫他洗衣服。消瘦的臉頰總是長出薄薄一層沒刮乾淨的白鬍子。

如果說他家有什麼還算像樣的東西的話，那就是巨大得有點威迫感的彩色電視機。而且電視畫面總是映出NHK的節目。不知道是本田先生特別愛NHK的節目，還是只因爲轉台嫌麻煩，或是只有NHK頻道的特殊電視，這我就無法判斷了。

我們去的時候，他面向擺在木板間的電視機坐著，手正在撥弄旋轉散亂的占卜用竹籤。在那時間裡NHK則毫不中斷地大聲播放著料理節目、盆栽整理法、定時新聞報導、政治座談會之類的節目。我們從以前開始就一直對NHK播音員的說話方式沒有好感，因此每次到本田家，總是心情無法安定。一聽到NHK播音員的講話方式時，總覺得好像有人想試著藉人爲方式把人們的正當感覺磨損消耗掉，以消除社會的不完美所帶給他們的種種不同痛苦似的。

「你也許不適合法律方面也不一定噢。」有一天本田先生這樣對我說。或者他是對著在我後方二十公尺左右的什麼人說的也不一定。

「是嗎？」我說。

「所謂法律這東西，簡單說啊，是司掌地上界的事象的。所謂陰是陰，陽是陽的世界。所謂我是我，他是他的世界。（我是我、他是他、秋天的黃昏）。但是你不屬於那裡。你所屬於的是，那上面或那下面。」

「那上面和那下面，哪一邊比較好呢？」我純粹爲了好奇心而試著這樣問看看。

「沒有什麼哪一邊好不好。」本田先生說。然後一連咳嗽了一會兒。在衛生紙上呸地吐一口痰。他盯著自己那痰看了一陣子，然後把衛生紙包成一團丟進垃圾箱。「不是那種哪一邊好哪一邊不好的問題。而是不要逆著流向走，該往上走就往上走，該往下走就往下走。該往上走時，就去找那最高的塔登到最頂上去就好了。該往下走時，就去找最深的井下到那底下去就好了。沒有流的時候，安靜不動就行了。如果逆著流向的話一切都會乾涸。一切都乾涸的話這世界就黑暗了。（我是他、他是我、春天的夜晚）。把我捨棄之後，才有我。」

「現在是沒有流的時候嗎？」久美子問。

「什麼？」

「現在是沒有流的時候嗎？」久美子大吼道。

「現在沒有。」本田先生一面自己一個人點著頭一面說。「所以只要安靜不動就行了。什麼都不必做。只是要注意水比較好。這個人以後，也許會因爲和水有關的事而受苦也不一定。在該有的地方沒有的水。在不該有的地方有的水。總而言之，多注意水比較好。」

久美子在旁邊一臉認眞地點著頭。不過我知道她正在強忍著不要笑出來。

「什麼樣的水呢？」我試著問。

「不清楚，就是水嘛。」本田先生說。

電視上某個大學教授正在談著日本語文法的混亂如何與生活樣式的混亂正確地呼應著。（正確地說那也不能稱爲混亂。所謂文法就像是空氣一樣，就算有人在上面決定從今以後要怎麼樣，也不可能照那樣改變。）他說。滿有趣的話題，不過本田先生還在繼續談水。

「說眞的，我也爲了水吃了不少苦頭。」本田先生說。「諾門罕完全沒有水。戰線錯綜混亂，補給都斷絕了。沒有水、沒有糧食、沒有繃帶、也沒有彈藥。那眞是悽慘的戰爭。後面的高層將官們只對多快能夠佔領什麼地方感興趣。誰也沒有考慮到補給的事。我曾經有三天幾乎都沒喝水。早上拿出毛巾，那上面只滲著些微的朝露而已，把那絞緊可以絞出幾滴水來喝，只有這樣而已。除此之外完全沒有所謂的水。那時候眞的覺得不如死掉還好。世上沒有比喉嚨乾渴更難過的事。喉嚨這麼乾渴眞想乾脆讓敵人的子彈打死還比較好。腹部中彈的戰友們，喊著要水。有人甚至發瘋了。那簡直就是活生生的人間地獄。眼前流著一條大河。到那裡的話要多少就有多少水。但是卻到不了那裡。蘇聯裝有火焰放射器的大型戰車整排擋在我們與河的中間。機關槍陣地像針山一般排列著。山丘上還有手腕厲害的狙擊兵。半夜裡那些傢伙還一直射出照明彈。我們所拿的是三八式步兵槍，還有每人二十五發的子彈而已。我的很多戰友即使這樣還是去河邊汲水。因爲實在受不了了。但沒有一個回來。

全都死了。嘿，能夠不動，就一直不要動好了噢。」

他拿起衛生紙大聲擤鼻子，檢查了一下自己的鼻水之後，才把那包起來丟掉。

「流這東西要等它出現是很辛苦的，但不得不等的時候，就是不得不等。那時候就當做自己已經死了好了。」

「也就是說我暫時死掉比較好嗎？」我試著問。

「什麼？」

「也就是說我暫時死掉比較好嗎？」

「對。」他說。「有時候唯有決心一死，河灘才會浮上來，破釜沈舟浮瀨灘，背水一戰諾門罕。」

然後大約有一個小時他一直繼續談著諾門罕的事。我們只是聽著。一年之間，我們每個月去拜訪本田先生一次，然而卻幾乎沒有從他那裡「受到任何指示」。他幾乎從來不占卜。他跟我們談的幾乎都是諾門罕戰爭的事。身旁的中尉頭被砲彈炸得飛走一半，或跳上蘇聯的戰車上用火焰瓶燒，偶爾有一架不幸迫降在沙漠的蘇聯飛機，大家就追趕那飛行員把他射殺，都是談這些。雖然每一件都相當有趣而刺激，不過世上任何話題如果重複聽過七次、八次的話，那光輝也會逐漸減淡。何況那又不是以所謂「談話」式的輕鬆音量談。而是感覺像在強風的日子，對著對面山崖大聲吼似地說的，或像坐在偏僻郊外電影院的第一排，看著黑澤明的老電影一樣的感覺。我們兩個人從本田先生家出來，甚至有一會兒耳朵都不太能聽見的程度。

不過我們，至少我是很喜歡聽本田先生說話。那些事情都超越我們的想像力範圍。多半還是一些充滿血腥的事，但從一個穿著髒衣服像隨時都會死掉的老人口中一五一十地聽著戰爭的來龍去脈時，簡直就像在聽故事一樣失去了眞實感。他們在半世紀前，曾經在滿州和外蒙古間的國界地帶，草都不太長的一片荒野上巡迴展開激烈的戰鬥。我在聽本田先生談起之前，對於諾門罕的戰爭幾乎一無所知。不過那卻是絕對想像不到的壯烈戰爭。他們幾乎是赤手空拳地向裝備優越的蘇聯機械化部隊挑戰，而且被擊潰的。好幾個部隊毀滅了，全軍覆沒了。爲了避免全軍毀滅而獨斷地往後方移動的指揮官，則被上級長官強制自殺而空虛抱憾地死去。被蘇聯軍俘虜的士兵們，很多因爲恐懼被冠以敵前逃亡罪，而在戰後拒絕俘虜交換，決定埋骨於蒙古的異地。至於本田先生則因爲聽覺受損而退伍，變成這樣一個占卜師。

「不過以結果來說，或許這樣比較好也不一定。」本田先生說。「如果我的耳朵不受傷的話，也許會被派到南方的海島上死掉也不一定。事實上從諾門罕生還的軍人，很多都被送到南方死掉了。因爲諾門罕對帝國陸軍來說，好比暴露生之羞恥的戰爭一樣，所以從這戰役中生還回來的殘留軍人，都被送到戰況最激烈的戰場去。簡直就像叫人到那邊去死似的。在諾門罕胡亂指揮的參謀們，後來在中央出人頭地。他們之中有一些人戰後甚至變成政治家。不過在他們下面賣命戰鬥的傢伙們，幾乎全都被殺光了。」

「爲什麼諾門罕戰爭對陸軍來說那麼羞恥呢？」我試著問。「軍人全都英勇壯烈地作戰了不是嗎？好多軍人不都死了嗎？爲什麼生還的人會被那樣冷落對待呢？」

不過我的問題似乎沒有到達他的耳朵。他再一次喳啦喳啦地攪拌著占卜竹籤。

「多注意水比較好。」他說。

這就是那天的結尾。

自從我和妻的父親吵架之後，我就不再去本田先生那裡了。因爲妻的父親一直在付著錢，所以總不能再像過去一樣，那麼要自己支付謝禮（不知道到底該付多少），我們又完全沒有那餘裕。剛結婚那時候，我們的經濟狀況就像好不容易頭才勉強能夠伸出水面的程度而已。而且我們終於把本田先生的事都忘了。正如大多年輕而忙碌的人似乎總會逐漸把大多老人的事給遺忘一樣。

上床之後，我還在想著本田先生。我試著把本田先生所說的水的事和加納馬爾他的水的事互相重疊起來。本田先生叫我注意水。加納馬爾他爲了研究水而在馬爾他島上長久修行。也許是偶然的一致，不過他們都非常在意水。這點使我覺得有些不放心。然後我試著想像諾門罕戰場的光景。蘇聯軍的戰車和機關槍陣地，那對面流著一條河。還有難以忍受的激烈乾渴。我可以在黑暗中清晰地聽到那條河流水的聲音。

「嘿。」妻小聲說。「你醒著嗎？」

「醒著。」我說。

「那條領帶的事，我現在忽然想起來了。那條小雨點的領帶，我年底送去洗衣店洗了。因爲皺巴巴的，我想還是不得不請人家幫我們燙。結果居然忘了去拿。」

「年底？」我說。「不是已經過了半年多嗎？」

「嗯。這種事情從來沒發生過噢。你應該很瞭解我的個性吧？這種事情我是絕對不會忘記的噢。眞糟糕。那是一條很帥的領帶呀。」她伸出手，觸摸我的手腕。「就是那家車站前的洗衣店，你想領帶還在嗎？」

「明天我去看看。我想大概還在吧。」

「爲什麼這麼想呢？已經過了半年了噢。如果是一般的洗衣店，不去拿的東西，經過三個月就處理掉了。他們是可以這樣做的噢。你爲什麼認爲還在呢？」

「因爲加納馬爾他說沒問題呀。」我說。「他說領帶會在家裡以外的地方找到。」

黑暗中我感覺到她臉轉向我這邊。「你相信嗎？她說的話。」

「我漸漸覺得好像可以相信的樣子。」

「或許不久之後你跟我哥哥也會變成談得來也不一定噢。」妻以一副很高興似的聲音說。

「或許。」我說。

妻睡著之後，我還在想諾門罕戰場的事。所有的士兵都睡在那裡。頭上是滿天的星星，無數的蟋蟀在鳴叫著。而且聽得見河流的聲音。我一面聽著那河流的聲音一面睡著。

5

檸檬水果糖中毒，飛不動的鳥和乾涸的井

把早餐收拾完畢之後，我騎上自行車到車站前的洗衣店去。洗衣店的主人是一位額頭上有深深皺紋的四十五歲以上的瘦男人，正在聽著放在架子上收錄音機所播放的The Percy Faith交響樂團的錄音帶。在那附有低音專用喇叭的ＪＶＣ大型收錄音機旁邊，放著一大堆錄音帶。交響樂團正驅使著那華麗的琴弦演奏著「亂世佳人」電影主題曲「Tara's Theme」。他在店的靠裡那邊一面以口哨配合著音樂吹，一面以輕鬆愉快的動作用蒸氣熨斗燙著襯衫。我站在櫃台前面，說眞抱歉！我去年底送一條領帶來洗，結果一直忘了來拿。對於早晨九點半的他那安祥的小世界來說，我的出現一定是彷彿希臘悲劇中帶來不幸告知的使者的降臨吧。

「我想你一定也沒帶兌換的收據吧。」洗衣店老闆以非常缺乏重量感的聲音說。他並不是在對我說。而是對著貼在櫃台旁牆壁上的月曆說的。月曆上六月的相片是阿爾卑斯山的風景。那上面有綠色山谷，牛羣正悠閒地吃著草。那遠方Matterhorn山或Mont Blanc之類的山頭正掛著白色清晰的雲。然後他露出（反正已經忘了，何不乾脆一直忘下去呢？）的表情看看我的臉。那眞是相當直接而雄辯式的表情。

「去年底呀，這就很難囉。已經超過半年多了啊。不過我找還是幫你找找看。」

他把熨斗電源關掉，立在燙衣板上，一面合著「夏日戀情」的錄音帶一面用口哨吹著，在後面的屋子裡翻找著。

那首曲子的電影我高中時代和女朋友兩個人一起看過。是脫埃唐納荷和仙杜拉蒂主演的。因爲是重演的舊片，所以我記得是和康妮法蘭西絲的「Boy Hunt」兩部一起連續放映。片名「避暑地發生的事」（畸戀），在我記憶中那是一部不怎麼樣的電影。不過十三年後，在洗衣店的門口聽著那主題曲，卻只能想起那時候的好事情。看完電影，我們走進公園裡的咖啡廳去喝咖啡、吃蛋糕。既然「避暑地發生的事」（畸戀）和「Boy Hunt」是兩部連著在電影院放映的話，我想應該是暑假。那裡有蜜蜂。兩隻小蜜蜂停在她的蛋糕上。我可以記起那微弱的翅膀飛撲聲。

「你說是藍色小雨點的領帶嗎？」洗衣店老闆說。「姓岡田嗎？」

「對。」我說。

「你運氣很好噢。」他說。

我回到家，立刻打電話到妻工作的地方。「領帶居然還在呢。」我說。

「眞不簡單哪。」妻說。

她的說法裡，似乎含有一種在誇獎一個得到好成績的孩子時似的人工式音調。那令我感到有些不舒服。也許應該等到中午休息時間再打會比較好吧。

「你找到了，我總算鬆一口氣。不過，我現在手上工作放不開。這是插播的電話噢。能不能中午再打來，抱歉。」

「我中午再打。」我說。

掛上電話後，我拿著報紙走到簷廊下，像平常那樣趴在地板上攤開徵人廣告頁，把那充滿不可解的暗號和暗示的廣告欄，從頭到尾慢慢花時間讀著。世界上存在著各式各樣的職業種類。那些簡直就像新墓場的分割圖一樣，把報紙版面切割成一排排整齊漂亮的小格子。不過我覺得幾乎不可能從那裡面發現適合自己的任何一個職業。確實在那格子裡，例如就算片斷也好，確實存在著一些訊息或事實，不過看著那些訊息或事實，不管怎麼樣卻都無法產生所謂印象這東西。排在那上面的整排名字、記號或數字，對我來說，都一一化為零零散散的細小片斷，令人想起變成不可能復元的動物骨頭。

長時間注視著徵人廣告頁之後，我每次總會感覺到某種類似麻痺的東西。現在自己到底要什麼？今天到底要往那裡走？或者不要去哪裡？這些事我變得越來越搞不清楚了。

依照往例，聽得見發條鳥在某棵樹上啼叫著。嘰咿咿咿咿咿，這樣叫著。我放下報紙坐起來，靠在柱子上望著庭院。過一會兒鳥又再叫了一次。從隔壁庭園的松樹上方，聽得見嘰咿咿咿咿咿咿咿的啼叫聲。我睜大眼睛看，卻無法找到那隻鳥。只有啼聲而已。就像平常那樣。總之就像這樣上著世界一天份的發條。

十點前開始下起雨來。不是多大的雨。而是搞不清楚有下沒下的那種程度的微雨。不過眼睛仔細看時，就知道確實是在下著。世界上有下著雨的狀況，和沒下雨的狀況，這兩種狀況應該在某個地方畫一條界線才行。我有一陣子，就坐在簷廊下，一直凝視著那應該要有界線的某個地方出神。

然後我猶豫一下，現在到中午吃飯時間之前，要去附近區營的游泳池游泳好呢？還是到後巷去找貓好呢？

靠在簷廊的柱子上，一面望著下在庭院的雨一面考慮了一下。

游泳／找貓

結果我決定去找貓。加納馬爾他說貓已經不在這附近了。不過那天早上，我卻覺得有點想去找貓。去找貓已經變成我日常生活的一部分了，而且如果久美子知道我去找過貓的話，或許也會稍微開心一點也不一定。我穿上薄雨衣。決定不拿傘。穿上網球鞋，把家裡的鑰匙和幾顆檸檬水果糖放進雨衣口袋走出家裡。穿過庭院一手搭在圍牆上時，聽見電話鈴響起來。我保持那樣的姿勢一直靜靜側耳傾聽。不過那是我們家的電話聲，還是別人家的電話聲，卻分不出來。電話鈴聲這種東西，一旦踏出家門一步之後，聽起來覺得都一樣。我放棄地翻越過磚牆，跳下後巷。

網球鞋的薄膠底可以感覺到草的柔軟。後巷比平常更靜。我站在那裡試著屏息細聽一會兒，但聽不見任何聲音。電話聲也已經停了。聽不見鳥啼聲，也聽不見街上的吵雜聲。天空沒有一分空隙，被單色的灰塗滿了。我想雲大概把地表的聲音全都吸進去了吧。不，他們所吸進去的不只是聲音而已。還有更多其他的東西也被吸進去了。例如連感覺之類的東西。

我把手一直插在雨衣口袋裡，穿越著狹小的後巷。側身穿過被曬衣場擁擠成狹小縫隙的磚牆之間，通過某一家的屋簷，靜悄悄地走在那像被廢棄的運河般的小徑上。網球鞋的橡膠底在草地上並沒有發出任何細微的聲音。中途有一家獨棟住宅收音機開著。那是我所聽到的唯一像聲音的聲音。收音機的節目是人生對談。中年男人的聲音，正在對岳母的事情列舉一些怨言。雖然只能聽到一些片斷，但岳母似乎是六十八歲，熱衷於賽馬。不過走過那一家之後，收音機的聲音逐漸變小，最後終於消失。不僅是收音機的聲音而已，覺得應該存在於這世界某個地方的中年男人，和那瘋狂著迷於賽馬的岳母，也逐漸一點一點變淡而消失了似的。

我終於來到那家空屋前面。空屋依然靜悄悄地在那裡。窗外用釘子緊緊釘上木板防雨窗的兩層樓建築，背景襯著低垂密閉的灰色雨雲，顯得幾分陰鬱地聳立在那裡。看來好像在很久以前的暴風雨夜晚在入海口觸礁，於是就那樣被遺棄的貨船似的。如果不是庭園的雜草比上次看見的時候長得更高了的話，即使有人說因為某種理由只有那個地方的時間停止了，或許我都會相信也不一定。由於連續幾天的漫長梅雨，草葉閃著鮮明的翠綠光澤，只有根部伸入泥土之下的東西才能如此放肆地散發的野性氣息充溢於周遭。在那草海的正中央一帶，鳥的石像以和上次見到時完全一樣的的姿勢，彷彿立刻就要飛走了似地張開著翅膀。不過當然那隻鳥是不可能飛走的。這一點我很明白，鳥也很明白。他只能一直被固定在那裡，等待被運到什麼地方，或者被破壞而已。除此之外，鳥沒有離開這庭院的可能。在那裡能夠動的東西，說起來只有飄飄忽忽徘徊在草上落後於季節的白紋蝴蝶而已。白紋蝴蝶看來也像在尋找著東西，卻在找著找著時，逐漸忘了自己在找什麼的人似的。五分鐘左右漫無目的地尋找之後，蝴蝶也不知飛到什麼地方去了。

我一面靠在牆上，嚐著水果糖，一面眺望庭院一陣子。沒有貓的動靜。沒有任何動靜。那裡看來彷彿被強大力量不講理地阻擋自然的流動所形成的沈澱似的。

背後忽然感覺到好像有人的動靜似的，我往後轉身。然而沒有任何人。隔著後巷是對面房子的圍牆，有一扇小門。上次，女孩子站著的門口。但門是關閉著的，圍牆內的庭院裡也沒有人影。一切東西都含著些微的濕氣，靜悄悄的。有雜草和雨的氣味。有我穿著的雨衣的氣味。還有在我舌頭裡側溶化了一半的檸檬水果糖。只要一深呼吸，各種氣味便合而為一。我再一次巡視四周一圈。到處都沒有人。安靜側耳傾聽時，聽得見遠方直昇機模糊的聲音。他們大概在雲的上面飛著吧。不過那聲音也逐漸遠去，周遭終於又再被原有的沈默所覆蓋。

包圍著空屋庭院的鐵絲網圍欄的出入口，附著一扇同樣以鐵絲網做的門。試著推推看時，竟然令人意外地簡單就開了。簡直就像在招呼我進去似的。沒什麼不得了的，很簡單哪，只要一直走進去就好了，那門這樣對我說。不過不管怎麼說是空屋，隨便踏進別人家的私有土地，即使不去刻意搬出我大約八年來點點滴滴累積起來的法律知識，總還是一種違反法律的行爲。如果附近的人發現我在空屋裡，而居然起了疑心去報警的話，警察一定會立刻過來查問我。我大概會說是來找貓的吧。說我養的貓不知去向了，我正在附近到處找。警察大概會問我的住址和職業。於是我就不得不把正在失業的事說出來。那事實一定會讓對方懷起警戒心。警察最近因爲極左派恐怖分子的事件而變得非常神經質。他們認爲東京到處都隱藏著極左派恐怖分子的祕密據點，在那地板下悄悄私藏著來福手槍、手製炸彈。搞不好或許還會爲了確認我的說詞而打電話到妻的辦公室也不一定。如果那樣的話，久美子一定會非常慌亂吧。

不過，我還是走進那庭院裡。而且迅速地反手把後面的門關上。管他的，我想。要發生什麼，就讓它發生吧。有什麼想要發生的話，就發生好了。我不在乎。

我一面探望周圍一面穿過庭院。踏在草上的網球鞋依然沒有發出任何腳步聲。有幾棵不知名的矮小果樹，有一面生長相當繁茂的寬廣草坪。果樹中有兩棵被醜陋的百香果蔓藤所纏住，看來好像就要窒息而死了似的。沿著鐵絲網排列的金木犀，由於蟲卵的關係而被污染成一片斑白。細小的羽蟲在耳朵邊吵鬧地糾纏了一陣子。

我越過石像旁邊，走到屋簷下堆積起來的白色塑膠庭園椅的地方，試著拿起一張。疊在最上面的椅子雖然滿是泥灰，但那下面的一張椅子卻不怎麼髒。我用手把表面的灰塵拂掉，就在椅子上坐下來。因爲選了被雜草茂密隱蔽起來的位置，因此從後巷看不到我的身影。又因為進到屋簷下，也不必擔心被雨淋濕。坐在那裡，一面眺望承受著微雨的庭院，一面小聲吹著口哨。那是什麼曲子，我一時沒留意。不過那竟是羅西尼的「鵲賊」序曲。那個怪女人打電話來，而我正在一面煮著義大利麵時，同樣也用口哨吹著的那曲子。

坐在誰都不在的庭院，一面眺望雜草和鳥的石像一面吹著差勁的口哨時，覺得自己好像回到小時候似的感覺。我在一個沒有人知道的祕密場所。誰也看不見我。這樣想時，心情就會變得非常安靜。會想往什麼地方丟石頭。往一個目標丟出小石頭。大概鳥的石像好吧。即使碰到也只會發出咔喳一聲小小聲而已地輕輕丟出石頭。小時候，經常一個人玩這種遊戲。在很遠的地方放一個空罐頭，往那邊丟出可以裝滿一罐那麼多的石頭。我可以連續這樣玩幾個小時而不膩。但腳邊卻沒有石頭。沒有任何地方，是一切都完全齊備的。

我把腳縮到椅子上，彎曲著膝蓋，在那上面托著腮。而且閉了一下眼睛。依然聽不見聲音。閉上眼睛時的黑暗，和被雲覆蓋的天空相似，但灰色的調子比那稍微濃一些。然後幾分鐘過後有人來了，那使得灰色塗上幾許不同的感觸。變成混合了金色的灰，或加上綠色的灰，或凸顯紅色的灰。我真佩服居然有這麼多種灰色的存在。人真是不可思議的東西啊，我想。只是在那裡安安靜靜閉著眼睛十分鐘而已，竟然可以看見這麼多種灰色。

我一面望著那樣的灰色的色彩樣本，一面什麼都不想地吹著口哨。

「嘿。」有人說。

我連忙睜開眼睛。而且往旁邊探身出去，從雜草後面看柵欄的門口方向。門是開著的。門扇大開著。在我之後有人進到裡面來了。心臟鼓動變得激烈起來。

「嘿。」那不知道是什麼人又再反覆一遍。是女人的聲音。她從石像後面現身出來，往我這邊走過來。就是上次，在對面房子的庭院做日光浴的女孩。她和上次一樣穿著淺藍色 Adidas 的T恤襯衫，短褲，輕微跛著腳。跟上次不同的，只有沒戴太陽眼鏡。

「你在那種地方到底在做什麼啊？」她說。

「來找貓啊。」我說。

「眞的？」她說。「我看倒不像。而且，一直安靜坐在那地方，閉著眼睛吹著口哨，也沒辦法找到貓吧？」

我有點臉紅起來。

「我是無所謂啦，不過不認識的人看到你這樣子可能會以為你變態喲。你要小心才好。」她說。「你不是變態吧？」

「我想不是。」我說。

她來到我身邊，從屋簷下重疊的庭園椅裡，花時間選出比較少被沾污的，再重新仔細檢查一遍之後放在地上，在那上面坐了下來。

「雖然我不知道那是什麼曲子，不過從你的口哨，實在聽不出什麼旋律來。你該不會是同性戀吧？」

「我想不是。」我說。「為什麼？」

「因為我聽說，同性戀的很不會吹口哨。是眞的嗎？」

「誰知道。」我說。

「其實不管你是同性戀也好、變態也好、什麼也好，我都一點也不在乎噢。」她說。「你叫什麼名字？因為不知道名字，不好叫。」

「岡田亨。」我說。

她把我的名字在嘴裡反覆唸了幾次。「好像不怎麼樣的名字嘛？」

「也許。」我說。「不過我覺得岡田亨這名字聲音聽起來好像有點像戰前的外務大臣似的。」

「你這樣說我也不懂啊。我的歷史很差，不過那沒關係啦。那，你還有沒有其他綽號之類的，岡田亨先生？更容易叫的名字。」

我想想看，想不起任何什麼綽號。從出生到現在，從來沒有人給我取過這種東西。爲什麼呢？「沒有。」我回答。

「比方說熊哥，或蛙弟之類的？」

「沒有。」

「眞要命。」她說。「你想一個嘛。」

「發條鳥。」我說。

「發條鳥？」她嘴巴張開一半看著我的臉。「那是什麼啊？」

「上發條的鳥啊。」我說。「每天早上在樹上捲著世界的發條。嘰咿咿咿咿咿這樣。」

她還一直安靜看著我的臉。

我嘆了一口氣。「只是忽然想到而已。而且那隻鳥每天都到我們家附近來。在鄰家的樹上嘰咿咿咿咿咿地叫著。不過誰都還沒看過那隻鳥的樣子。」

「哦。」她說。「不過沒關係。那雖然也相當難叫，不過比起岡田亨好多了，發條鳥先生。」

「謝謝。」我說。

她把兩腳縮在椅子上，下顎放在膝頭。

「那麼妳的名字呢？」我試著問。

「笠原 May。」她說。「五月的 May。」

「五月生的嗎？」

「那當然哪。要是六月生的卻取個什麼 May 的名字，豈不是麻煩透頂。」

「那倒是。」我說。「那麼妳還沒去上學囉？」

「我一直在看你喲，發條鳥先生。」笠原 May 沒回答我的問題，就這樣說。

「你打開鐵絲網門走進這家庭院的時候，我在屋子裡用望遠鏡看喏。我每次手邊都帶著一個小望遠鏡。而且在監視這條後巷。你也許不知道，這裡有很多人通過呢。不只是人，還有各種動物也通過。你一個人一直坐在這裡到底在做什麼呢？」

「只是在發呆呀。」我說。「想想從前的事，吹吹口哨。」

笠原 May 咬咬指甲。「你有一點怪喲。」

「沒什麼怪的。誰都會這樣啊。」

「或許吧，不過沒有人會特地跑進附近的空屋子這樣做噢。如果只是想發個呆，想想從前的事，吹吹口哨的話，那在自己家的庭院裡做不就得了嗎？」

確實正如她說的，我想。

「不過總之，你們的貓綿谷昇君還沒回家對嗎？」她說。

我搖搖頭。「妳沒看到我們家的貓嗎？自從上次以後。」

「茶色條紋的貓，尾巴尖端有一點彎曲對嗎？一次也沒看到。自從上次以後我都一直在注意看呢。」

笠原May從短褲口袋拿出Short Hope香煙盒，用紙火柴點上。她暫時沈默地抽著煙，終於一直注視我的臉。「嘿，你的頭髮有沒有變薄？」

我無意識地用手摸摸頭髮。

「不是啦。」笠原May說。「不是這裡，額頭髮根的地方。你不覺得超過必要地往後退著嗎？」

「我沒特別注意。」

「一定從那裡開始禿噢。我知道。你的情況啊，會漸漸的，這樣子往後退喲。」她把自己的頭髮緊緊抓成一把往後面拉，把露出的白色額頭朝向我這邊。「你最好注意一下比較好。」

我試著用手摸摸自己額頭髮根的地方。被這麼一說，也許是心理作用吧，感覺髮根的地方好像真的比以前後退了一些似的。我有點不安起來。

「妳說注意一下，要怎麼個注意法才好呢？」

「嗯，其實也沒辦法注意噢。」她說。「對禿頭並沒有所謂的對策呢。會禿的人就是會禿，要禿的時候就會禿啊。這種事情，是沒辦法阻止的。所以，人家不是常說嗎？說什麼如果平常好好整理頭髮就不會禿。不過那都是謊話。騙人的。因爲你到新宿車站去看看，那些睡在那裡的流浪漢吧。沒有一個禿頭的吧？你以爲他們每天每天都用Clinique或沙宣洗髮精洗頭髮嗎？你以爲他們每天每天都在頭上塗滿護髮乳嗎？那只是化妝品廠商用巧妙的語言從頭髮稀薄的人身上壓榨金錢而已。」

「原來如此。」我佩服地說。「不過妳爲什麼對禿頭這麼清楚呢？」

「因爲我，最近都在假髮廠商那裡打工啊。反正又不上學，太閒了。做做問卷啦、調查之類的工作。所以我對禿頭的事相當清楚。我有好多資料噢。」

「哦。」

「不過。」她說著，把香煙丟在地上，用鞋底踩熄。「在我打工的公司，絕對禁止用禿頭這字眼。我們也不得不用『頭髮比較稀薄的人士』。禿頭，你聽，這是一種差別用語喲。我，曾經有一次開玩笑地試著說『頭髮不自由的人士』。結果人家非常生氣。妳知道嗎？大體上世上的人大家都非常認眞的噢。」

我從口袋裡拿出檸檬水果糖，放一個在嘴裡，也問笠原May要不要。她搖搖頭代替的是又拿出香煙。

「嘿，發條鳥先生。」笠原May說。「你上次不是說正在失業嗎？現在還在失業嗎？」

「還在呀。」

「你是認眞的想工作嗎？」

「認眞的啊。」不過對所說的卻逐漸沒有信心起來。「不知道。」我更正道。「怎麼說呢？我想也許我需要時間思考一下吧。自己也不太清楚，所以沒辦法說明清楚。」

笠原May一面咬著指甲一面看著我的臉一會兒。

「嘿，發條鳥先生，你下次要不要跟我一起去那家假髮公司去打工啊？雖然工錢不是很多，但卻是輕鬆的工作，時間也相當自由。所以呀，不用想太深，做做看那種湊合湊合的工作，很多事情說不定就更容易明白了，不是嗎？而且可以改變一下心情。」

這倒也不壞，我想。「不錯啊。」我說。

「OK，那麼下次我去接你。」她說。「你家在那裡？」

「不太好說明，從這條後巷一直走，順著路轉幾次彎之後，左邊有一家停著紅色 Honda Civic 車的，車前緩衝板上貼著『世界人類和平』貼紙。那家的前面一家就是我家，因爲朝後巷沒有門，所以必須翻過磚牆才行。有比我身高矮一點的圍牆。」

「沒問題。要是那樣程度的圍牆，我可以輕鬆翻過。」

「腳不痛了嗎？」

她發出像是嘆息似的聲音，吐出香煙的煙。「沒問題啦，我只是不想去上學才故意那樣裝跛的。只是在父母前面裝樣子而已。不過不知不覺居然變成習慣性的毛病了。沒人看見的時候，或一個人在屋子裡的時候，也裝成腳有毛病的樣子。我，是個完美主義者。不是有一句話說要騙別人，先騙自己嗎？嘿，發條鳥先生，你是屬於有勇氣的人嗎？」

「我想不太有。」我說。

「從以前就一直沒有嗎？」

「從以前就一直沒有，以後我想大概也不會改變吧。」

「有好奇心嗎？」

「好奇心倒是有一點。」

「勇氣和好奇心不是很類似嗎？」笠原May說。「有勇氣時就有好奇心，有好奇心時就有勇氣，不是嗎？」

「這倒也是，或許確實很像也不一定。」我說。「而且某些情況，也許正如妳說的好奇心和勇氣是重疊合而爲一的。」

「一聲不響地走進人家的庭院之類的情況噢。」

「妳說得沒錯。」我把舌頭上的檸檬水果糖轉動著。「像一聲不響地走進人家庭院的時候，好奇心和勇氣看來似乎是一起運作的。有時候，好奇心像會挖起或挑起勇氣。不過好奇心這東西多半的情況是立即會消失。勇氣卻必須走更長遠的路。好奇心就像是一個不可信賴的興致勃勃的朋友一樣。起先拚命地挑逗煽動你，到了一個程度的時候，卻一下子就消失不見了。這麼一來，你只好自己一個人勉強鼓起勇氣應付下去。」

對這點她想了一會兒。「是啊。」她說。「或許確實也有這種想法。」笠原May從椅子上站起來，用手拍拍沾在短褲屁股上的灰塵。然後俯視我的臉。「嘿，發條鳥先生，想不想看井？」

「井？」我問。井？

「有一口乾掉的井，在這裡喲。」她說。「我蠻喜歡這口井的，發條鳥先生不想看嗎？」

井在穿過庭院，繞進房屋側面的地方。直徑大約一公尺半左右的圓形井，上面覆蓋著厚厚的圓形木板蓋，蓋子上放有兩塊水泥磚當鎭石。從地面建起一公尺左右高度的井壁旁邊，長有一棵老樹，好像自己在保護著那口井似地長著。看來像是什麼果樹，但不知道叫什麼名字。

井，就像屬於這房子的其他東西一樣。好像已經被放棄、遺棄很長一段時間的樣子。令人感到一種想要稱它爲（壓倒性無感覺）的東西。或許當人們的視線停止再投注之後，無生物就變成更無生物性了吧。如果以「被遺棄的房子」爲題，要畫一張以這房子爲模特兒的畫時，應該是不會省略那口井的。那看來就像那些塑膠製的庭園椅、鳥的石像、褪色的遮雨木板窗一樣，被人們遺忘、丟棄之後，就那樣順著和緩的時光斜坡，朝向宿命性的毀壞無聲地滑落下去似的。

不過靠近去試著仔細深入觀察時，則可以知道那口井事實上似乎是比周圍的其他東西在更古老的時代就被建好的。或許在這房子興建的更早以前，井已經存在這裡了。就以蓋子來說，看來就是非常古老的東西。雖然井壁被水泥牢牢地塗封起來，但那看來好像是在以前就有的什麼的牆上——大概是爲了補強——重新塗上水泥使它更牢固的樣子。連立在井邊的樹，都給人一種印象，好像在主張自己是從比周圍任何樹都更早以前就在這裡的。

移開磚塊，把分爲兩片的半月形木板拿起，手扶在井邊彎身往裡面探視看看，但實在沒辦法看到底。似乎是個相當深的井，從中途開始就完全被吸進黑暗裡去了。我聞一聞氣味。只有一點發霉的味道。

「沒有水喲。」笠原 May 說。「沒有水的井。」

不能飛的鳥，沒有水的井，我想。沒有出口的後巷，還有……

她撿起掉落在腳邊的破瓦片，往井裡一丟。過一會兒之後聽得見噗咚一聲微弱的乾乾的聲音。只有這樣而已。令人覺得可以拿在手上磨碎似的，那種粗粗沙沙的乾脆聲音。我抬起身看看笠原 May 的臉。「爲什麼沒有水呢？是乾掉了呢？還是有人把它埋起來了？」

她聳聳肩。「如果是埋起來的話，爲什麼不全部埋掉呢？像這樣半途而廢地只留下個空洞也沒什麼意義呀，如果有人掉下去不是很危險嗎？你不覺得嗎？」

「確實是這樣。」我承認。「大概是因爲某種原因水乾掉了吧。」

我忽然想起本田先生以前說過的話。（要往上走的時候，最好去找最高的塔，爬到那最頂上去。要往下走的時候，最好去找最深的井下到那底下去。）總之，在這裡找到一口井了。我想。

我再一次彎腰探身看，並沒有特別想什麼，只是往下一直看著那黑暗而已。在這樣的地方，這樣的大白天，居然有這樣深的黑暗，我想。乾咳一聲，吐了一口唾液。乾咳在黑暗中，聽來像是別的什麼人的乾咳聲似的。唾液裡還留有檸檬水果糖的味道。

我把那口井的蓋子再度蓋上，磚塊照原來那樣壓上。然後看看手錶。已經接近十一點半了。午休時間必須打個電話給久美子。

「我差不多必須回家了。」我說。

笠原 May 稍稍皺一下眉。「好啊。發條鳥先生。你回去吧。」

我們穿過庭院時，鳥的石像依然沒變地以那乾枯的眼睛睨著天空。天空依然沒有一分空隙地被灰色的雲覆蓋著，然而雨已經停了。笠原 May 揪下一把草葉，把它丟向空中。因爲沒有風，於是草葉就那樣又紛紛散落掉回她腳邊。

「嘿，從現在開始到天黑還有很多時間吧？」她不看我的臉說。

「還有很多。」我說。

6 岡田久美子是如何生長的，綿谷昇是如何生長的

我因爲沒有兄弟姊妹，因此無法想像已經成人，各自獨立生活的兄弟或姊妹，是懷著什麼樣的感情互相對待的。久美子每次在話題中提起綿谷昇時，就好像把什麼味道奇特的東西錯放進嘴裡了似的，每次臉上都會露出奇妙的表情，但那表情深處到底隱藏著什麼樣的感情，我卻一點也不知道。久美子很明白我對她哥哥絲毫不懷有任何稱得上好感的感情，也認爲那是當然的。而且以她自己來說，也絕不認爲綿谷昇這個人是令人喜歡的。因此假如她和綿谷昇之間沒有血緣關係存在的話，我想他們兩個人也許幾乎沒有親密交談的可能性吧。然而實際上他們卻是兄妹，因此事情便稍微帶有一點複雜的樣相了。

現在久美子和綿谷昇實際上幾乎沒有見面的機會。我和妻的娘家完全沒有來往。正如前面說過的，我和久美子的父親吵架，並決定性地訣別了。那是一場相當激烈的爭吵。雖然我有生以來只和數得出來的人吵過架，不過相反的，一旦吵起來卻會很認真，沒辦法中途停下來。但是把想說的話全部抖出來之後，奇怪的是對她父親並不生氣。只是覺得長久以來一直被附加的重擔終於解除了似的而已。既沒留下憎恨也沒留下憤怒。甚至覺得他的人生——不管那形態在我眼中看來是顯得多麼不愉快而愚蠢——我甚至還想那一定很辛苦吧。我從今以後再也不要和妳父親或母親見面了。我對久美子說。不過如果妳想見妳父母的話，那是妳的自由，跟我沒關係。但久美子並沒有去見他們。「沒關係，不要緊。因爲過去也不是因爲特別想見面才見面的啊。」久美子說。

綿谷昇當時是和雙親住在一起，但那時候我和他父親的吵架，他卻完全沒有參與，而超然地退到什麼地方去了。那並不是特別奇怪的事。因爲綿谷昇對我這個人的一切都不關心，而且除了非不得已的場合之外，是拒絕和我擁有任何個人性關聯的。因此自從和妻的娘家斷絕往來之後，我也已經沒有理由和綿谷昇碰面了。而對久美子來說也沒有什麼理由和他見面。他很忙，她也很忙。而且兩個人本來就不是感情多麼親密的兄妹。

雖然如此久美子還是有時候會打電話到大學的研究室和綿谷昇談話。綿谷昇也有時候會打電話到她公司去(但絕對不會打到我們家來)。久美子會向我報告，今天我打電話去哥哥那裡，或今天哥哥打電話到我公司來。不過卻不知道他們在電話上談些什麼。我並沒有特別去問她，如果沒有必要她也不會特別說明。

我對她和綿谷昇的談話內容既沒什麼興趣。對於妻和綿谷昇打電話交談也不覺得不愉快。不過老實說，我只是無法瞭解而已。久美子和綿谷昇，怎麼想都不太談得來的兩個人之間到底存在著什麼樣的話題呢？還有那是不是要透過所謂兄妹這特殊血緣的濾色鏡才能成立呢？

我的妻和綿谷昇，雖然說是兄妹，但年齡卻相差九歲之多。而且小時候，久美子有幾年被父親的老家帶回去扶養，因此兩個人之間不太看得出類似兄妹的親密感。

本來綿谷昇和久美子不只是兄妹二人。他們兩個之間還有一個女孩子，算是久美子的姊姊。比久美子大五歲。因此他們本來是三兄妹的。不過三歲的時候，久美子因爲被父親的老家帶回去而離開東京到新潟去。並在祖母手下扶養。說是因爲生下來身體就不太強壯，所以在空氣比較新鮮的鄉間扶養會比較好，這是後來從雙親口中聽來的理由，不過久美子並不以爲然。因爲她並不特別虛弱。既沒生過什麼大病，也不記得在鄉下住的時候，周圍的人們對她的身體曾經特別用心照顧過。「那大概只是藉口吧。」久美子說。

一直到很久以後，才從一個親戚口中聽說，祖母和母親之間長久以來各持己見一直不和睦，久美子被帶回新潟的老家養，就像是所謂那兩個人之間的暫定協約一樣。久美子的雙親因爲暫時把她交出去而使祖母的怒氣平息了，而祖母那邊或許由於把一個孫子放在身邊，而可以具體確認自己對兒子（也就是對久美子的父親）還擁有某種連繫。就像是人質一樣。

「而且」久美子說。「因爲已經有了哥哥和姊姊，即使我一個人不在也沒什麼不方便哪。我想雖然父母親當然沒有打算拋棄我，不過因爲還小，短期間內應該沒關係吧，我想大概是在這種輕鬆的心態下，把我交到那邊去的。在各種意義上，對大家來說那或許是最輕鬆的解決方式。這種事你相信嗎？我不知道爲什麼，不過那些人眞是完全不瞭解喲。不瞭解那對一個幼小的孩子會產生多麼糟糕的影響。」

她在新潟的祖母身邊從三歲被養到六歲。那絕不是不幸的生活也不是不自然的生活。久美子是被祖母溺愛著過日子的，而且與其和年齡相差許多的兄姊在一起，不如和年齡更接近的堂兄弟們玩還來得快樂。到了該上小學的年齡時，她才終於又回到東京。雙親對久美子的長久離開逐漸感到不安起來，怕再那樣子下去會太遲無法挽回，因此還是趁早勉強帶回東京。但在某種意義上來說卻已經太遲了。自從她回東京的事決定後的幾星期之間，祖母變得非常激動，情緒非常亢奮。祖母拒絕吃東西，幾乎不能睡覺。她有時候哭，有時候激怒、有時候默不作聲。一會兒忽然把久美子緊緊抱住，下一個瞬間卻又用尺使勁打得她的手腕一條條紅腫起來。而且滿嘴髒話地罵久美子的母親是多麼糟糕的女人給她聽。一會兒說我不要放妳走，要是不能再看到妳的臉我寧可就這樣死掉算了，一會兒又說我才不想再看到妳呢，妳快點走掉好了。祖母甚至拿出剪刀來準備要割自己的手腕。久美子完全無法瞭解自己身邊到底會發生什麼事情。

那時候久美子所做的是暫時把心對外界封閉起來。停止做任何思考、停止對任何事情抱希望。狀況遠超出她的判斷能力之外。久美子閉起眼睛、塞起耳朵、停止思考。從此之後幾個月間的記憶她幾乎都沒有。她說她不記得那期間發生過任何事情。不過總之一留意時，久美子已經在一個全新的家庭裡了。那是本來她應該在的家庭。在那裡有雙親，有哥哥姊姊在。但那不是她的家庭。那只是新的環境而已。

雖然久美子不清楚自己是在什麼情況下被從祖母那裡拉開，帶到這裡來的，但她只能憑本能瞭解到不能夠再回新瀉的家了。只是那個新地方，對六歲的久美子來說，幾乎是一個超越她理解程度的世界。久美子以往住的世界，和那個世界，一切的一切都呈現著相異的樣相，看來很像的東西，也會以完全不同的方式移動。對她來說既無法掌握成立那個世界的價值觀或原理之類的東西，甚至連加入家人的談話都辦不到。

久美子在那樣的環境裡，變成一個話很少，又彆扭的少女。她弄不清楚可以信賴什麼人，或誰是可以無條件地靠近依偎的。偶爾被母親或父親抱在膝上，心還是沒有放開。因爲他們身體所發出的氣味是她的記憶中所沒有的，那氣味讓她覺得非常不安。有時候甚至憎恨那氣味。家人裡面唯一勉強能讓她敞開心的，只有姊姊。父母親對久美子的彆扭感到疑惑不解，哥哥甚至從當時開始就幾乎沒注意到她的存在。但只有姊姊，知道她正一個人靜靜地困坐在混亂、孤獨之中。她很有耐心地照顧著久美子。和久美子在同一個房間睡覺，一點一點地告訴她許多事情，讀書給她聽，一起去上學，從學校回來後看著她做功課。當她躲在房間的角落一個人哭好幾個鐘頭時，會在她身旁抱緊她。而且努力想多少鬆開妹妹的心。因此如果她回到家的第二年，那個姊姊沒有因爲食物中毒而死掉的話，很多事情大概都會很不一樣。

「如果姊姊一直還活著的話，我想我們一家會比較順利吧。」久美子說。「雖然姊姊才小學六年級，但已經是我們全家的，所謂重要的存在了。我想如果她一直沒有死的話，也許我們大家都會比現在正常。至少我會比現在多少有救一些。嘿，你明白嗎？我從那以後一直對大家覺得有罪惡感。爲什麼我沒有代替姊姊死掉呢？反正我活著，對誰都沒有幫助，也不能讓誰高興啊。而且我父母親和哥哥，一方面感覺到我這樣想，一方面卻沒有對我說任何溫暖安慰的話噢。不但這樣，他們只要一有機會，就談起死掉姊姊的事。她是個多麼漂亮，多麼聰明的孩子。大家都多麼喜歡她。她是多麼會體貼人家，多麼會彈鋼琴。嘿，我也學過鋼琴喏。因爲姊姊死了以後，家裡還留下一部大鋼琴。可是我對彈鋼琴卻一點也沒興趣。我想自己一定不能像姊姊那樣彈得那麼好，我不想一一證明自己樣樣都不如姊姊。我沒辦法代替任何人，也不想那樣。但是他們都不聽我的。我所說的話誰都沒在聽。所以我到現在都還討厭看到鋼琴。也討厭看到人家彈鋼琴的樣子。」

我聽久美子談起這件事時，對她的家人很生氣。對他們對久美子所做的行爲。對他們對久美子所沒有做的行爲感到生氣。那時候我們還沒結婚。認識才不過兩個月多一點而已。那天是個安靜的星期天早晨，我們躺在床上。她好像在解開糾纏在一起的繩結似的，一面慢慢一一確認著，一面談著自己少女時代的事。久美子這麼長時間談自己的事，那還是第一次。在那以前我對她的家庭和生長方式幾乎一無所知。說起來我對她所知道的，只有她很少說話，喜歡畫畫，留著直溜溜漂亮的頭髮，右肩胛骨上有兩顆黑痣而已。還有對她來說，跟我睡覺是最初的性體驗。

久美子一面說著一面哭了一會兒。想哭的心情，我也很能夠瞭解。我抱著她，撫摸她的頭髮。

「我想如果姊姊還在的話，你一定也會喜歡她，任何人只要看到她一眼就會喜歡她噢。」久美子說。

「也許是吧。」我說。「不過總之我喜歡妳。嘿，這是非常單純的事噢。這是我跟妳之間的事，跟妳姊姊沒有任何關係喲。」

然後有一陣子久美子閉著嘴巴安靜想著什麼。星期天早晨七點半，一切的聲音聽來都顯得溫柔而空虛。我聽著公寓屋頂上鴿子的腳步聲，聽著有人在遠方叫著狗名字的聲音。久美子眞的是凝視著天花板的某一點很長一段時間。

「你喜歡貓嗎？」久美子問我。

「喜歡哪。」我說。「非常喜歡。從小時候就一直養著貓。總是跟貓一起玩。連睡覺的時候都在一起。」

「那樣好棒噢。我也從小時候就一直好想養貓。可是家裡都不讓我養。因爲我媽討厭貓。我這一生，眞的想要的東西，從來沒有一次得到過。連一次也沒有噢。你不覺得不會有這種事嗎？你一定不會瞭解，那是怎麼樣的人生。當你習慣了自己所要的東西都得不到的人生之後，漸漸的，你會越來越搞不清楚自己到底眞的要什麼了。」

我握住她的手。「確實過去也許是這樣。不過妳已經不是小孩了，自己有權利重新選擇自己的人生啊。如果妳想養貓的話，只要自己選擇可以養貓的人生就好了。事情很簡單。妳有權利這樣做，對吧？」我說。

久美子一直注視著我的臉。「對噢。」她說。然後過了幾個月，我和久美子就談到結婚的事了。

如果說久美子在那家庭裡度過了曲折而複雜的少女時代的話，綿谷昇在另一層意義上也過了不自然而歪斜的少年時代。他的父母雖然溺愛這獨生子，但不只是疼愛他，同時也要求他極多的事情。父親是一個認爲想正常地生活在日本這個社會，至少要能拿到好成績，而且必須壓倒一個是一個地比別人強才行，他是擁有這種信念的人。眞的是認眞這樣相信。

才結婚不久的時候，我曾經聽岳父親口說過這種話。人本來就不是生來平等的，他說。所謂人人平等，只不過是學校拿來當方針教的而已。那純粹只是夢話。日本這國家結構上雖然是民主國家，但同時也是個熾烈的弱肉強食的階級社會，如果不能當上菁英的話，活在這個國家幾乎沒有任何意義。只有在研磨缽裡被慢慢地磨碎下去而已。所以大家總想盡可能多往上爬一級梯子。那是極健全的欲望。人們如果喪失了那欲望的話，這個國家恐怕就要滅亡了吧。我對岳父那意見並沒有說出什麼感想。他也並沒有徵求我的意見或感想。他只是在吐露著自己即使將來也可能永遠都不會改變的信念而已。

那時候我想，是不是往後漫長的歲月裡，我在這個世間，都必須和這樣的人們呼吸一樣的空氣活下去呢？這只是第一步而已。然後這種事情大概還會重複好幾次又好幾次吧。想到這裡，我身體的芯便感到類似激烈疲勞似的東西。他那意見是淺薄得可怕的，單面性的傲慢哲學。既缺乏對支撐這個社會眞正根幹的無名衆人的觀點，也缺乏對人類內面性，和人生意義之類東西的省察。缺乏想像力、缺乏所謂懷疑這東西。不過這個男人打從心底相信自己是正確的，無論任何事物，都無法動搖這個男人的信念。

母親這邊是東京都心山手圈物質上沒有任何匱乏的富裕環境下長大的高級官僚的女兒，並沒有任何足以和丈夫意見對抗的意見和人格。以我所見，她對於超越自己眼睛所能見到範圍之外的事物（實際上她就是極嚴重的近視眼），並沒有什麼意見。對於比這更廣大世界必須持有自己的意見時，她總是借用丈夫的意見。也許只要這樣的話，她就不會給誰添麻煩吧。不過她的缺點是，正如這種類型的女性經常是那樣的一樣，虛榮得無可救藥。因爲沒有所謂自己的價值觀這東西，因此如果不借用他人的尺度和觀點的話，就沒辦法好好掌握自己所站立的位置了。支配那頭腦的是所謂「自己在別人眼裡到底顯得怎麼樣？」，只不過這樣而已，於是她變成一個眼睛只看得見丈夫在政府機構裡的地位，和兒子學歷的器量狹小而神經質的女人。至於沒有進入她狹小視野裡的東西，對她來說就變成不具有任何意義的東西了。她對兒子的要求是，進入最有名的高中、最有名的大學。至於以一個人來說，兒子是度過什麼樣的快樂少年時代，而那過程又會如何養成什麼樣的人生觀，這種事情則遠遠超出她想像力的框架之外。如果有人從這觀點提出任何微小疑問的話，或許她就會認眞地生起氣來吧。那在她的耳朵聽起來就像是對她個人的侮辱似的提不得的事。

就這樣父母親在幼小的綿谷昇頭腦裡徹底地灌輸他們那充滿問題的哲學，和扭曲的世界觀。他們的關心集中在生爲長男的綿谷昇一個人身上。父母親絕對不容許綿谷昇躲在任何人的背後吃什麼甜頭。在班上或學校這麼狹小的場所都拿不到第一名的人，如何能在廣大世界裡拿到第一名呢？父親說。父母親總是爲他請最高級的家庭老師，不斷地鞭策兒子。如果得到好成績，爲了獎賞他，不管兒子希望要什麼都買給他。因此他在物質上度過了極優裕的少年時代。但在人生最多愁善感的時期，他卻沒有時間交女朋友，也沒有餘裕和朋友盡情暢快地遊玩。爲了繼續保持第一名，爲了那唯一的目的，他不得不傾注所有的力氣。綿谷昇對這樣的生活是不是喜歡？我不知道，久美子也不知道。綿谷昇不是一個可以把自己的心情對她、對父母親，或對其他任何人坦白透露的人。不過不管他喜不喜歡這種生活，大概都沒有他選擇的餘地吧。雖然這只是我的想法，某種思考體系，由於它的單面性、單純性而會使它變成不可能被反駁的東西。不管怎麼樣，總之就這樣他從優秀的私立高中，進入東京大學的經濟學系，以接近優等的成績從那裡畢業。

雖然父親期望他大學畢業之後能當政府官員，或進入某大企業，但他卻選擇留在大學當學者的路。綿谷昇不是傻瓜。因爲他知道與其走出現實世界在集團裡行動，不如留在一個需要對知識具備有體系地處理訓練，又比較重視個人知性技能的世界，來得更適合自己。他到耶魯大學研究所留學兩年，然後回到東大的大學院。回日本後不久就在父母親安排下相親然後結婚，但那結婚生活終究只維持了兩年。離婚後他又回到家裡，和父母親一起過日子。而我第一次見到他的時候，綿谷昇已經變成一個相當奇怪又不快樂的人了。

距離現在三年前，三十四歲那年，他寫完並發表了一本很厚的書。那是一本專門性的經濟學書，我也拿到一本試著讀了一讀，但說眞的完全無法理解。可以說幾乎一頁都不能理解。即使想讀，文章本身就無法解讀。到底是那上面所寫的內容本身難解，還是單純因爲文章差勁，連這個都無法判斷。不過那本書在專家之間倒相當引起話題。有幾個評論家極讚美那本書，說是「從嶄新觀點所寫的全新種類的經濟學」，不過連那些評論想要說的事情我都完全不能理解。但是大衆媒體終於逐漸開始把他當做新時代的英雄來介紹。甚至出現了幾本解釋那本書的書。他在書中所用的「性的經濟與排泄式經濟」這語言甚至成爲那年的流行語。報紙和雜誌，把他當做新時代的解讀者之一，還出了專集。我實在不認爲他們眞的瞭解綿谷昇所寫的經濟學書的內容。連他們是不是翻開過那本書一次，都很懷疑。不過這種事情他們都無所謂。對他們來說綿谷昇既年輕又獨身，頭腦清晰得能夠寫出一些莫名其妙的難解的書。

總之由於那本書的出版，似乎使得綿谷昇在世間有了知名度。他在各種雜誌上寫評論，上電視節目扮演起有關經濟或政治方面評論家的角色。終於又變成討論性節目的經常性演出者。綿谷昇周圍的人（雖然也包括我和久美子）完全沒想到他會適合這樣華麗的工作。說起來他是被認爲比較神經質的，只對專門性事情有興趣的學者型人物。然而一旦進入大衆傳播媒體之後，他竟然把自己被賦與的角色扮演得令人咋舌地漂亮。即使面對攝影機，也絲毫不畏縮怯場。甚至令人覺得他面對攝影機時反而比面對現實世界時更放得開似的。我們都啞然地望著他那急速改變的面貌模樣。上電視時的綿谷昇身上穿著看來很花錢的手工良好的西裝，繫著和那完全搭配的領帶，戴著高級玳瑁邊的眼鏡。髮型也改成摩登的現代風格。我想大概身邊有專門的造型師吧。因爲我過去從來沒有一次看他穿過派頭的衣服。不過即使那是電視公司爲他設計穿戴的也好，那個樣子眞的是非常貼切地適合他。眞叫人想說早就應該這樣穿的嘛。到底這個男人是怎麼回事？那時候我想。這個男人的所謂實體到底在哪裡呢？

在攝影機前，他的舉止動作可以說是沈默寡言。有人詢問他的意見時，他會用簡單的語言、易懂的邏輯，適切明確地陳述意見。當人們大聲爭論時，他總是冷靜地待機。不被挑撥所動搖，讓對方把想說的話儘量說完之後，最後再一語道破推翻對方的論點說詞。他曉得以面帶微笑，沈著穩健的聲音，在對方的背上給予致命的一擊。而且不知道爲什麼，電視上拍出的他，比實際眞人顯得更富於知性、更值得信賴似的。雖然並不是特別英俊，但高高瘦瘦的，一副教養很好的樣子。如果用一句話來表示的話，就是綿谷昇在電視這個大衆媒體中找到了完全適合自己活動的場所。大衆媒體樂意接受他，他也樂意接受大衆媒體。

不過我既討厭讀他的文章，也討厭看電視上他的樣子。他確實有才氣，有才能，這點我也承認。他可以用簡短的語言，在短時間內把對方有效地打倒。擁有瞬間能夠判斷風向的動物性直覺。但如果注意聽他的意見，或讀他所寫的東西時，卻非常明白那裡面缺少所謂一貫性的東西。他並沒有一個以深厚信念支撐的世界觀這東西。那是以單面性思考體系複合性地組合架構起來的世界。他能夠把那組合順應必要隨時瞬間任意重組更換。那是巧妙的思想上的順序組合。甚至可以稱爲藝術性的。不過要我說的話，那只不過是一種遊戲而已。如果他的意見裡有一貫性似的東西的話，那就是「他的意見經常沒有一貫性」這一貫性而已，如果他有所謂世界觀的話，那就是「自己並不擁有世界觀」這世界觀。不過這些缺失，反過來說甚至是他知性的資產。所謂一貫性或堅固確實的世界觀這種東西，在把時間細分切割的大衆媒體上，知性機動戰裡是不必要的，能夠不背負那樣的沈重包袱，對他來說變成一個很大的優勢。

他沒有什麼需要守。所以能夠全神貫注在純粹的戰鬥行爲上。他只要攻就行了。只要把對方打倒就行了。在這層意義上綿谷昇是知識上的變色龍。可以因對方的顏色，改變自己的顏色，分別在不同場合製造有效的邏輯，因此動員了所有一切的修辭學、雄辯術，大多的修辭學(rhetoric)基本上都是從什麼地方借來的東西，有些場合顯然是無內容的。但他每次總是像魔術師一般迅速巧妙地把那從空中一把抓出來，因此幾乎接近不可能當場拆穿那空洞來。而且就算不巧人家發現了他那邏輯的陰險的話，那比起其他多數人們所陳述的正論（那些或許確實是正直的，但論旨的展開卻太費工夫，多數情況只會給視聽者平凡庸俗的印象而已）新鮮得多，更能強有力地引起人們的注意。雖然我不知道他到底是在什麼地方學到這套技術的，不過他確實學到了直接煽動大衆情感的訣竅。他眞是非常曉得大多數人是如何轉動邏輯的。那並不一定需要正確的邏輯。只要看起來像邏輯就行了。重要的是，那能不能喚起大衆的情感。

有些場合，他也可以把看似難解的學術用語之類的東西一堆一堆地列出來。當然幾乎沒有人會明白那些到底眞正意味著什麼。不過他在那樣的場合也能製造出「如果不懂這些的話，那是不懂的人的錯。」的空氣。或者把數字一串又一串地抬出來。這些數字全都已經刻在他的腦子裡。而且這些數字非常有說服力。但事後如果仔細想想，那些數字的出處是否公正？或那根據是否可以信賴？對這些，則沒有一次進行過像議論似的議論。數字這東西，只要一引用，就可以隨便轉下去。這誰都知道。但因爲他的戰略實在太巧妙了，很多人都無法簡單地識破那樣的危險性。

像那樣巧妙的戰略性，雖然使我感到受不了的不愉快，但那不快卻無法向別人正確說明。我無法對這做論證。那正如以沒有實體的幽靈爲對象，玩拳擊一樣。不管怎麼一再揮出拳，卻都只有打個空而已。爲什麼呢？因爲本來就沒有所謂會反應的實體呀。我看過連知識上相當洗鍊的人們，都被他的煽動所動搖而驚訝不已。而且那使我不可思議地氣憤不平。

就這樣綿谷昇被視爲一個最富知性的人之一。對社會來說，所謂一貫性這東西似乎已經變成隨便怎麼樣都可以了。他們所要的是，能夠在電視畫面上展開的知性鬥劍士的比武，人們想看的東西是在那裡壯烈流出的赤紅鮮血。即使星期一和星期四同樣的人說出完全相反的意見，那都無所謂。

我和綿谷昇第一次見面，是我和久美子決定結婚的時候。我決定在見她父親之前，先見綿谷昇。兒子比父親當然年齡和我們比較近，如果事先談好的話，或許會幫我們什麼忙也不一定，我這樣打算。

「不過，我想最好不要寄望太大比較好。」久美子有點難以啓齒似地說。「我也不太會說明，不過他不是那種人。」

「不過反正遲早總要見面吧。」我說。

「這倒是。確實是這樣。」久美子說。

「那麼談一談總可以吧。什麼事情不試一試怎麼會知道呢？」

「是啊，也許確實是這樣。」

打電話過去時，綿谷昇對於和我見面似乎並不怎麼帶勁的樣子。不過如果無論如何都想見面的話，是可以挪出三十分鐘左右，他說。於是我們約好在御茶水車站附近的喫茶店見。他當時還是個沒出過書的一介大學助教而已，模樣也不怎麼起眼。上衣口袋很可能由於長期把手揷在裡面而膨脹起來，頭髮過長了兩星期左右。芥子色的Polo襯衫和藍灰色的斜紋毛呢外衣顏色一點都不配。一副任何大學都可以見到的和錢沒什麼緣的年輕助教的風貌。他好像從早上就一直在圖書館裡查什麼資料，現在好不容易抽身出來似的，睡眼惺忪有些睏倦的樣子，但仔細看時，卻可以發現那深處閃著銳利的冷光。

我自我介紹之後，就說自己在不久的將來打算和久美子結婚。我盡可能坦誠向他說明。現在雖然在法律事務所工作，但那正確說並不是自己希望的工作。自己還在摸索的階段，我說。這樣一個人要想和她結婚，或許是接近無謀的行爲吧。不過我愛她，我想我可以讓她幸福。我想我們可以互相癒合，互相給對方力量。

剛開始，在他前面感覺非常不自在。我想那大概是因爲自己所處立場的關係吧。對著第一次見面的人，托出其實我是想跟你妹妹結婚，這確實不是一件令人自在的事。但和他面對面的時間裡，除了坐立不安的不自在之外，不如說我逐漸覺得不愉快起來了。就像發出餿掉氣味的異物一點一點逐漸在腹部底下堆積起來似的心情。並不是他言語舉動中的什麼刺激了我。我討厭的是綿谷昇這個人的臉本身。那時候我直覺感覺到的是，這個人的臉被什麼別的東西覆蓋住了。那裡有什麼錯誤的東西。這不是他眞正的臉。我這樣感覺。

如果可能的話，我眞想就那樣站起來走掉算了。不過既然已經開始說了，總不能像那樣子中途而廢地切斷話題。因此我一面喝著冷咖啡，一面在那裡頓住，等他開始說話。

「說眞的。」他簡直就像在節約能源一般以細小安靜的聲音開始說。「你現在說的話我不太能夠理解，我想我也不太有興趣。我有興趣的是其他方面的事情，那些我想你大概也不能瞭解，也不會有興趣。結論簡單說，你想跟久美子結婚，如果久美子想跟你結婚的話，我對這個既沒有反對的權利，也沒有反對的理由。所以我不反對。也不用考慮。只是除此之外，希望你們不要對我有任何期待。還有，對我來說這是最重要的事，希望你不要再剝奪我更多私人的時間。」

然後他看看手錶，站起來。我想也許他是以稍微不同的說法說的，我想不起他正確的用語了。但不會錯，這就是他那時候發言的精髓。總之那是非常簡潔而有要領的發言。既沒有多餘的部分，也沒有不足的部分。他想說的事情可以非常明確地理解，他對我這個人擁有什麼樣的印象也可以大致理解。

我們就這樣分手了。

由於我和久美子結婚，我們變成義理上的兄弟關係，因此我和綿谷昇後來也有幾次交談的機會。不過那都稱不上是會話。我們之間，確實正如他所說的那樣，沒有所謂共通基礎這東西。因此不管怎麼談，都不構成會話。我們好像分別在說著完全不同的語言似的。就像面對臨終臥床的達賴喇嘛，Eric Dolphy 憑著低音豎笛的音色變化，述說選擇汽車引擎機油的重要性，或許還比我們的會話來得多少有益而有效吧。

過去我幾乎不曾因爲和什麼人交往，而長期間有過什麼感情上的混亂。當然由於不愉快的感覺，而對誰感到氣憤，或焦躁似的情形是有過。但都不持久。我有能力區別，我自己的存在和他人的存在，是屬於完全不同領域的東西（我想這稱爲能力並無妨。因爲，那不是我自豪，卻絕對不是簡單的作業）。也就是說，每當我因爲什麼事情而感到不愉快或生氣的時候，就會先把那對象移動到和我個人沒有關係的其他區域去。然後這樣想。好！我現在不愉快又生氣。不過那原因，已經放進不在這裡的領域中去了。所以關於這個以後再慢慢檢查，處理吧，像這樣。用這樣做而暫時把自己的感情凍結起來。到後來，再試著把那凍結的東西解凍，慢慢進行檢查，確實感情有時候還會亂。不過那樣的情形幾乎是接近例外的。由於經過一段必要的時間之後，大多的事物早已經變成毒氣散失後的無害東西了。而且我遲早總會把那事情忘掉。

在以往的人生過程裡，由於適用那樣的感情處理體系，我迴避了無數爭執，使我能夠把我自己的世界保持在一個比較安定的狀態。而且對自己能夠保持那樣有效的體系，感到不少的自豪。

但是對綿谷昇，那體系卻可以說完全不發生機能。我沒辦法把綿谷昇這個人物簡單地推到「和自己無關的領域」去。相反地倒是綿谷昇把我這個人毫不遲疑地推到「和自己無關的領域」去。而那事實令我氣憤難平。雖然久美子的父親是個傲慢而不快的人物。但他終究只是個固執於單純信念而活著的視野狹小的人物。因此我可以把他忘得一乾二淨。但綿谷昇卻不是這樣。他對於自己是一個什麼樣的人擁有清楚的自覺。而且對我這個人的內容可能也有相當正確的掌握。如果他有意的話，是有可能把我體無完膚地打倒的。他之所以沒這樣做，單純只爲了他對我完全沒有所謂的關心這東西。對他來說我這個人，是不值得特別多浪費時間和精力去打倒的對象。我想我氣綿谷昇大概是因爲這個吧。他本質上是個低劣的人，無內容的自私的人。但卻顯然是個比我能幹的人。

和他見過面後，有一段期間，我一直抱著相當餘味惡劣的感情過著日子。簡直就像嘴裡被塞了一團氣味嫌惡的小蟲子似的感覺。雖然蟲子吐出來了，但那感觸還留在嘴裡。有好幾天我一直在想著綿谷昇的事。即使想要試著想別的什麼，卻還是只能想綿谷昇的事。我去聽音樂、去看電影。甚至和公司同事一起去看棒球比賽。酒也喝了，預先買起來等有時間再享受的書也讀了。但他總是在我的視野之中，雙手交抱胸前，以泥沼般混濁的不祥眼睛看著我。那使我焦躁不安，激烈地搖晃著我所站立的基礎似的東西。

其次見過面之後，久美子問我你覺得我哥哥怎麼樣。然而我不能夠坦白把自己當時的感覺說出口。關於他一定是戴著假面具沒錯，和潛藏在那深處一定有不自然而扭曲的什麼，我很想向久美子問個淸楚。很想把自己不愉快的感覺和混亂的心情坦白供出。不過終究什麼也沒說。因爲我想不管我說明得多認眞，可能都沒辦法適當傳達吧。而且如果不能恰當說明的話，現在最好不要對她開口。

「確實是有點怪的人。」我說。而且想要補充一點適當的話，腦子裡卻沒有浮現任何語言，久美子除此之外什麼也沒再問。只是默默點頭而已。

我對綿谷昇的心情，從那時候到現在幾乎沒有變化。現在和那時候一樣，還繼續感覺到對他的氣憤不平。那好像是些微的發燒一樣一直留在我身上。我們家沒擺電視機。但奇怪的是，我到任何地方眼睛只要忽然轉向電視畫面，經常那上面都映出綿谷昇正在發言談著什麼。而在什麼地方的候客室拿起雜誌翻閱時，每次上面都刊登著綿谷昇的照片、綿谷昇的文章。甚至令我覺得簡直就像綿谷昇在全世界的每一個轉彎角上埋伏著等候我似的。

ＯＫ，我坦白承認，或許我憎恨著綿谷昇。

7

快樂的洗衣店，加納克里特的出現

我帶著久美子的襯衫和裙子到車站前的洗衣店去。我經常送衣服到我家附近的洗衣店去洗。並不是對那家店特別有好感，單純只是因爲距離近而已。車站前的洗衣店，則是妻在上班途中偶爾會利用。去公司上班前順路送去，回家的時候去拿回來。這邊價錢稍微高一些，不過她說處理比附近那家店仔細。因此她自己重要的衣服，即使稍微麻煩一些，也寧可送去車站前那家店。所以我那天特地騎著腳踏車決定到車站前面去一趟。因爲我想她大概比較喜歡自己的衣服被送去那家店洗吧。

我穿上綠色薄棉的長褲，經常穿的網球鞋，穿上久美子不知道從什麼地方領回來的唱片公司宣傳用的范海倫的黃色T恤襯衫，抱著她的襯衫和裙子出門。洗衣店的老闆還是和上次一樣以巨大的音量聽著JVC的收錄音機。今天放的是安迪威廉斯的錄音帶。我打開門的時候，正唱完「夏威夷結婚曲」，正開始唱「加拿大落日」時。老闆一面用原子筆在筆記上快速地寫著什麼，一面合著那旋律快樂地吹著口哨。架子上堆積的卡式錄音帶收藏中，看得見Sergio Menbes、Bert Kaempfert和「一〇一 Strings」等名字。他很可能是輕音樂迷。Albert Ayler和Don Cherry和Cecil Taylor的熱烈信奉者卻當起商店街洗衣店老闆，到底有這樣的事嗎？我忽然想到。或許有吧。但他們大概不會是一個很快樂的洗衣店老闆吧。

我把綠色花紋的襯衫和鼠尾草色的寬裙子放在櫃台上時，他把那攤開來迅速查看一下，然後在傳票上以細心的字寫上襯衫和裙子。我喜歡寫字細心的洗衣店老闆。何況他還喜愛安迪威廉斯，那就更不用說了。

「是岡田先生吧。」他說。我說是的。他把我的名字寫上，撕下碳粉複寫的那聯交給我。「下星期二可以好，下次不要忘了來拿噢。」他說。「太太的衣服嗎？」

「對。」我說。

「顏色很漂亮噢。」他說。

天空沈沈地陰著。氣象報告預告著雨的來臨。時間雖然已經過了九點半，但帶著公事包和雨傘的上班族，還正朝著車站的階梯快步走著。應該是較晚上班的薪水階級吧。雖然是個悶熱的早晨，但他們和那沒關係，依然工整地穿著西裝，工整地繫著領帶，工整地穿著黑皮鞋。雖然也可以看到許多和我同年齡的上班族似的男人，但沒有一個是穿著范海倫T恤襯衫的。他們西裝的翻領上戴著公司的紋章，腋下夾著日本經濟新聞。月台的鈴聲響了，有幾個人往樓梯跑上去。好久沒看到這些人的那種樣子了。試著想想，我這一星期之間，只在家裡和超級市場和圖書館和附近的區營游泳池之間來往著而已。我這一星期來所看到的，只有主婦、老人和兒童，還有幾個商店老闆而已。我站在那裡有一會兒，恍惚地眺望穿著西裝打著領帶的人們的身影。

我想既然難得來到這裡了，就走進車站前的喫茶店喝一杯早晨優待的咖啡吧，不過覺得麻煩又作罷了。想一想，並不特別想喝咖啡。我望著映在花店玻璃窗上自己的模樣。T恤襯衫的衣角不知道什麼時候竟沾染上蕃茄醬了。

騎著腳踏車回家的路上，我在不知不覺間用口哨吹起「加拿大落日」。

十一點加納馬爾他打電話來。

「喂。」我拿起電話聽筒說。

「喂。」加納馬爾他說。「這是岡田亨先生家嗎？」

「是的。是岡田亨。」電話的對方是加納馬爾他，我一開始就認出聲音了。

「我是加納馬爾他。前幾天失禮了。不知道您今天下午有沒有什麼預定？」

沒有，我說。就像候鳥沒有抵押用的資產一樣，我也沒有所謂預定這東西。

「那麼今天下午一點我妹妹加納克里特可以到府上打攪嗎？」

「加納克里特？」我以乾乾的聲音說。

「是我妹妹。我想上次應該給您看過相片的。」加納馬爾他說。

「噢，我記得妳妹妹。可是——」

「加納克里特是我妹妹的名字。妹妹代理我去府上拜訪。一點鐘方便嗎？」

「那倒沒關係。」

「那麼我就失禮了。」加納馬爾他說著掛了電話。

加納克里特？

我拿出吸塵器打掃地板，整理家裡。把報紙疊好，用繩子綁起來放進壁櫥裡，把散亂的錄音帶放進盒子裡整理好，到廚房洗東西。然後沖過淋浴，洗過頭，換穿上新的衣服。重新煮了咖啡，吃了火腿三明治和白煮蛋。

然後在沙發坐下來，讀《生活手帖》，考慮晚飯要做什麼菜。我在「羊栖菜和豆腐沙拉」那一頁做了記號，把必要的材料寫進購物單裡。打開FM電台時，麥克傑克遜正在唱著「比利金」。然後我想想加納馬爾他，加納克里特。眞是姊妹一起取的成對名字啊。這樣簡直就像唱雙簧的組合嘛。加納馬爾他•加納克里特。

我的人生確實正朝著奇怪的方向前進沒錯。貓逃走了。奇怪的女人打了莫名其妙的電話來。認識不可思議的女孩，開始在後巷的空屋進出。綿谷昇侵犯加納克里特。加納馬爾他預言領帶的出現。妻說我可以不用工作了。

我把收音機關掉，把《生活手帖》放回書架，再喝了一杯咖啡。

一點整加納克里特按了我家的門鈴。她眞的和相片上一樣。小個子，大概不到二十五歲，看來很老實的樣子。而且居然保持著一九六〇年代初期的外表。如果《美國畫刊》要以日本爲舞台來製作的話，加納克里特大概可以那個模樣上特刊吧。她和相片上所見到的一樣，頭髮蓬蓬的，前面鬈曲著。從髮根的地方往後拉緊，用一個閃閃發亮的大髮夾固定夾住。黑色的眉毛用眉筆淸晰漂亮地描畫出來，眼影在眼睛旁形成神祕的影子，口紅則驚人地再現當時流行的色調。彷彿只要把麥克風給她，就可以那樣開始唱起「強尼天使」似的。

至於她穿的衣服則遠比化粧簡樸，而沒有什麼特徵。甚至可以說是事務性的。穿著簡單的白襯衫，簡單的綠窄裙。幾乎沒戴什麼稱得上裝飾品的東西。然後腋下抱著一個白色漆皮皮包，穿著前端尖起的白色高跟皮鞋。鞋子尺寸很小，鞋跟像鉛筆芯一般細細尖尖的，看來就像玩具鞋一樣。穿上那樣的東西居然能夠平安走到這裡來，我眞是非常佩服。

比起相片來實物看來要漂亮多了。要說是模特兒都可以說得過去的漂亮程度。看著她時，不禁覺得好像在看從前的東寶電影似的。加山雄三和星由里子主角出現，坂本九演麵店外送伙計，而大怪獸正要撲襲他們的那種電影。

總之我讓加納克里特進到屋裡，請她在客廳沙發坐下，把熱過的咖啡端出來。我問她是否吃過午飯。因爲看她好像是餓著肚子似的。她說還沒吃午飯。

「不過請不要費心。」她急忙補充道。「請不要在意。中午我都是只吃一點點的。」

「眞的？」我說。「因爲做三明治一點也不麻煩，所以不用客氣喲。這種簡單東西我很習慣做，所以一點也不麻煩。」

她輕輕搖了幾次頭。「謝謝你的好意。不過眞的不用。請不要操心。只要咖啡就夠了。」

不過我還是裝了一盤巧克力餅乾出來。加納克里特一副很好吃似的吃了四塊。我也吃了兩塊餅乾，喝了咖啡。

吃過餅乾，喝過咖啡之後，她好像稍微鎭定下來了。

「今天我代理姊姊加納馬爾他來這裡。」她說。「我叫做加納克里特。也就是加納馬爾他的妹妹。當然這不是本名。我本名叫做加納節子。不過自從幫姊姊工作之後，就開始改用這樣的名字。怎麼說呢，這是職業上的名字。並不是我和克里特島有什麼特殊關係。也沒有去過克里特島。只是因爲姊姊用馬爾他這名字，因此順應著選了一個和那有關係的名字而已。是馬爾他幫我選了這個克里特的名字的。說不定岡田先生去過克里特島呢，有嗎？」

很遺憾沒有，我說。過去既沒去過克里特島，不久的將來也沒有去的打算。

「我想有一天我要去克里特島。」她說。而且一副一本正經的表情點點頭。「克里特島是希臘最接近非洲的島。是一個很大的島，古代文明很昌盛。姊姊馬爾他也曾經去過克里特島，她說那是個很棒的地方。風很強，蜂蜜非常美味。我非常喜歡蜂蜜。」

我點點頭。我並不怎麼喜歡蜂蜜。

「今天來這裡想拜託您一件事。」加納克里特說。「其實是想取一點府上的水。」

「水？」我說。「自來水管的水嗎？」

「自來水的水就可以了。還有如果這附近有井的話，也希望能取一點那井水。」

「我想這附近大概沒有井吧。雖然有一口井，但那是在別人家的地上，又是乾掉沒有水的。」

加納克里特以複雜的眼神看著我。「那井眞的不出水嗎？您確定嗎？」

我想起那個女孩子往空屋井裡丟進石頭，發出噗咚一聲乾乾的聲音。

「那確定已經乾涸了，不會錯。」

「沒關係。那麼請讓我取一點府上自來水管的水吧。」

我帶她到廚房。她從白色漆皮皮包裡拿出兩個像藥瓶一樣的東西。然後在其中一個瓶子裡裝滿自來水管的水，小心翼翼地蓋好蓋子。然後她說想到浴室去。我帶她到浴室。在脫衣室裡妻晾著好多內衣和絲襪，但加納克里特並不在意這些，扭開水龍頭在另一個藥瓶裡裝了水。她把那瓶子蓋上之後，把瓶子倒過來，確認水不會漏。兩個藥瓶的蓋子顏色各不相同，可以區別浴室的水和廚房的水。裝浴室水的瓶蓋是藍色的，裝廚房水的瓶蓋是綠色的。

她回到客廳，把那兩個藥瓶放進可以冷凍解凍用的小塑膠袋，把拉鏈似的封口封住。然後很寶貝地收進白色漆皮皮包裡。發出一聲啪吱脆脆的聲音，把皮包絆扣關起。從她的手勢可以看出她到目前爲止已經做過很多次同樣的動作。

「謝謝。」加納克里特說。

「這樣子就可以了嗎？」我問道。

「嗯，目前這樣就可以了。」加納克里特說。然後我看她把裙子下擺調整一下，把皮包夾在腋下，從沙發站起來的樣子。

「等一下。」我說。因爲完全沒有預料到她會這樣突然就要回去，因此我有些慌亂。「請等一下。關於貓的行蹤去向，後來怎麼樣了？我內人想要知道。不見已經快兩星期了，如果知道一點什麼的話，能不能告訴我？」

加納克里特一副寶貝兮兮地把皮包夾在腋下看著我的臉，然後輕輕點了幾次頭。她一點頭，鬈起的頭髮就像六〇年代那樣地飄呀飄的。她一眨眼睛，那又大又黑的假睫毛就像黑人奴隸手上拿著的長柄扇子一般慢慢上下張合著。

「坦白說，這件事也許比眼睛看到的更說來話長噢，姊姊這樣說。」

「比眼睛看到的更說來話長？」

（說來話長）這表現，令我想起一望無際一無所有的平坦荒野上只立著一根高高的木樁似的東西。太陽一西斜之後，那影子便逐漸拉長，那尖端已經變得肉眼看不到的遠了。

「是的。也就是說事情不只是到貓失蹤就停止。」

我有些迷惑。「可是我要的，只是幫我找回貓的去向而已。只要找到貓就好了。如果已經死了，也明白告訴我們。這爲什麼會變成說來話長呢？我眞不明白。」

「我也不太清楚。」她說。然後她手摸摸頭上閃閃發亮的髮夾，把那往後稍微調一下。「不過請相信我姊姊。當然姊姊並不知道所有的事。但如果姊姊說『那個還說來話長』的話，那麼就眞的是『說來話長』噢。」

我默默點點頭。除此之外也沒話可說了。

「岡田先生現在忙嗎？等一下有沒有什麼預定？」加納克里特轉換新的聲調說。

一點也不忙，沒有任何預定，我說。就像鐵絲蟲夫婦沒有避孕知識一樣，我也沒有所謂預定這東西。確實我是想在妻回家之前，到附近的超級市場去，買幾樣菜，然後作「羊栖菜和豆腐的沙拉」和「里嘉特尼的蝦蕃茄醬」。不過時間還綽綽有餘，而且也不是非要做那菜不可。

「那麼可不可以談一下關於我自己的事？」加納克里特說。她把手上拿著的白色漆皮皮包放在沙發上，把手疊放在綠色窄裙的膝上。兩隻手的指甲擦著漂亮的粉紅色指甲油。手指沒帶任何戒指。

請說吧，我說。於是我的人生——這件事從加納克里特按了玄關門鈴時開始就已經充分被預測到了——便越發朝奇異的方向流去了。

8

加納克里特的長談，關於痛苦的考察

「我是五月二十九日生的。」加納克里特開始說。「然後，當我二十歲生日的那天傍晚，決心斷絕自己的生命。」

我把裝了新咖啡的咖啡杯放在她前面。她在那裡面加了奶精，用湯匙慢慢攪拌著。沒放糖。我像平常一樣，不放糖也不放奶精，喝了一口黑咖啡。時鐘發出喀吱喀吱乾乾的聲音敲著時間的牆壁。

加納克里特好像要看穿我似的一直注視我的臉說。「也許從更以前開始順序談比較好吧。也就是我出生的地方，家庭環境，這些事情？」

「隨妳高興怎麼談。很自由的，依妳覺得比較容易談的方式。」我說。

「我是三兄妹的老三。」加納克里特說。「姊姊馬爾他之上還有一個哥哥。父親在神奈川縣經營一家醫院。家庭方面沒有什麼問題。是一個極普通，到處可見的那種家庭。父母親尊敬勤勞這東西，是非常認眞的人。雖然教養算是嚴格，但只要在不給別人添麻煩的範圍內，我覺得細微的地方倒是讓我們擁有某種程度的自主性。經濟上環境是優厚的，但卻不做多餘的奢侈，不給孩子不必要的錢是父母親的方針。我想生活反而可以說是樸素的。」

姊姊馬爾他比我大五歲半，但她從小就有一點不尋常的地方。很多事情都被她說中了。例如剛才第幾號病房的患者死掉了，或遺失的皮包掉在什麼地方之類的，都完全正確地被她說中了。剛開始大家覺得很有趣，認爲是珍貴的寶貝，後來卻逐漸覺得害怕起來。而且父母親對她說「這種沒有明確根據的事情」不可以在別人面前講。父親有身爲醫院院長的立場，不喜歡女兒擁有那種超自然能力的事傳到別人耳裡。從此以後馬爾他就完全閉口不說了。不只是那種「沒有明確根據的事」不說而已，連極普通的日常生活的會話也幾乎都不參加進來了。

不過馬爾他只對身爲妹妹的我敞開心來說話。我們是以感情很好的姊妹長大的。她會悄悄告訴我，絕對不可以告訴別人喏。「最近我們家附近會有火災喲」，或「世田谷的叔母會生病噢」之類的。而那些事情眞的就變成像她說的那樣。因爲我還是個小孩，因此覺得很好玩。根本沒想到恐怖、可怕或不舒服之類的。我懂事以後，一直都跟著馬爾他到處走，聽著她的「告知」。

馬爾他的那種特殊能力，隨著成長而逐漸增強。但她卻不知道自己身上的這種能力到底應該如何處置，如何伸展才好。馬爾他一直爲這件事而煩惱。她不能跟誰商量。也無法仰賴任何人的指示。在這層意義上來說，十幾歲的她是非常孤獨的人。馬爾他必須靠自己一個人的力量去解決所有的事情。這些答案她必須全部自己去尋找。在我們家裡，馬爾他絕對不算快樂。她在那裡沒有一刻能夠放下心來。在那裡她必須壓抑自己的能力，避開別人的眼光。那就像一棵生長力旺盛的植物卻必須在一個小花盆裡生長一樣。那是不自然，也是錯誤的。馬爾他所知道的，只有自己必須盡早離開這裡而已。她開始想，世界上應該有某個地方，是對自己正確的世界，有適合自己生活方式的地方才對。但她一直到高中畢業爲止卻不得不一直安靜地忍耐著。

馬爾他高中畢業後，沒有上大學，而決心一個人到國外去尋找新的道路。但因爲我父母親是過著非常常識化人生的人，因此並不輕易容許這樣的事情發生。於是馬爾他便想盡辦法存錢，瞞著父母親自己離家出走。她首先到夏威夷去，在 Kauai 島上生活了兩年。因爲她曾經在什麼地方讀過 Kauai 島北海岸有個地區出很好的水的報導。馬爾他從那時候開始就對水這東西懷著非常深的關心。開始抱著一個信念，認爲水的組成對人類的存在具有很大的支配力量。因此她決定在 Kauai 住下來。Kauai 島深處當時還留下很大的嬉皮社區。她在那裡成爲社區一份子生活著。那裡的水賦與馬爾他的靈能力很大的影響。她因爲把那水喝進體內，而能讓她的肉體和她的能力「更加融合」。她寫信告訴我，那眞是一件很棒的事。我讀了以後也覺得非常高興。然而她終究對那塊土地無法感到十分滿足。確實是個美麗、和平的土地，人們遠離物慾追求精神上的平穩。但人們太過於依賴痲藥和性的放縱。那不是馬爾他所需要的。於是兩年後她又離開了 Kauai 島。

然後她到了加拿大，在美國北部到處巡迴遊走，又去到歐洲大陸。她一面喝著各地的水一面旅行。她發現了幾處出很棒的水的地方。不過那些都不是完美的水。就那樣馬爾他繼續旅行。錢用完了，就做些類似占卜的工作。幫人家找尋失去的東西和人，接受謝禮。她不喜歡接受謝禮。以天賦的能力交換物質，絕不是一件好事。但當時不這樣就活不下去。馬爾他的占卜在每個地方都得到好評，要積蓄金錢並不太費事。在英國甚至曾經協助警察搜查。搜到去向不明的小女孩屍體隱藏的地方，也發現了掉落附近的犯人手套。犯人被逮捕，立刻自己招供出所犯的行爲。那件事還上了報紙。下次如果有機會也讓岡田先生看看那剪報。就這樣她在歐洲到處流浪，最後終於跋涉到馬爾他島。到達馬爾他的時候，已經是離開日本的第五年了。而那裡就是她對水探索的最終土地。不過關於那件事您一定聽馬爾他提過了吧？」

我點點頭。

「馬爾他在那流浪生活期間，一直寫信給我。當然除了有什麼事情沒辦法寫之外，大約一星期就會寫一封長信寄給我。寫自己現在在什麼地方做著什麼之類的。我們是感情很好的姊妹。我們即使遠遠分離，但在某種程度上心還是可以通的。那些眞是很棒的信。如果讓您讀的話，我相信岡田先生一定也會瞭解馬爾他是一個多麼棒的人。我透過她的信而能夠知道世界的各種形貌。可以知道這世上有各種有趣的人存在。就這樣姊姊藉著信鼓勵我。而且幫助我成長。由於這些我深深感謝姊姊。我不打算否定這個。不過，信畢竟只是信而已。在我十幾歲最難過的時期，最需要姊姊的時候，姊姊卻總是在什麼遙遠的地方。即使我伸出手，姊姊也不在那裡。我在家裡是孤伶伶的。我的人生是孤獨的。我充滿痛苦地——關於這痛苦我以後再詳細說——度過了十幾歲的年代。我也沒有商量的對象。在這層意義上我終究也是和馬爾他一樣地孤獨。如果那時候馬爾他能近在身邊的話，我想我的人生應該會和現在有點不同吧。我想她會給我有效的建議，而救了我也不一定。不過，現在說這些都沒有用了。正如馬爾他不得不一個人去尋找自己的路一樣，我也不得不自己一個人去尋找自己的路。二十歲的時候，我決定自殺。」

加納克里特手拿起咖啡杯，喝著剩下的咖啡。

「很好喝的咖啡喲。」她說。

「謝謝。」我裝作若無其事地說。「剛才我做了白煮蛋，妳要不要吃？」

她猶豫了一下，說吃一個也好。我從廚房拿出白煮蛋和鹽。並在杯子裡加咖啡。我和加納克里特慢慢剝著蛋殼吃蛋，喝咖啡，在那之間電話鈴響了，但我沒拿起聽筒。響了十五次或十六次，然後鈴聲突然停止。看來加納克里特好像並沒注意到電話鈴響的事似的。

加納克里特吃完蛋之後，從白色漆皮皮包拿出小手帕來擦擦嘴角。然後拉拉裙擺。

「決心要死之後，我決定寫遺書。我面對書桌大約一小時，準備把自己想死的理由寫下來。我想死並不是因為誰的關係，原因完全在我本身，這點我想寫明白留下來。因為我不希望在自己死後，有人搞錯而感覺到類似責任之類的東西。

不過我沒辦法把那封遺書寫完。雖然我試著重寫了好幾次，但不管重寫幾次，重新再讀時，看起來就覺得那些都極愚蠢而滑稽。越是想認眞寫，那些看來似乎更加滑稽。因此結果，我決定什麼也不寫。我想連死掉以後的事都去想也沒有用啊。於是我把寫壞的遺書全部撕碎丟掉了。

這是很單純的事，我想。我只是單純對自己的人生失望而已。我再也無法忍受自己的人生持續給我的各種不同種類的痛苦。我到目前為止的二十年之間，一直忍受著那痛苦。所謂我的人生只不過是二十年來不間斷痛苦的連續而已，除此之外沒有別的。不過我過去一直努力忍耐著熬過那痛苦。對那努力我擁有絕對的自信。我可以拍胸脯在這裡斷言。我過去一直比誰都努力，不輸給任何人。絕不輕易放棄鬥爭。不過迎接二十歲生日的時候我終於這樣想。實際上，人生並沒有付出那樣努力的價值啊。那完全是無謂浪費掉的二十年哪。這樣的痛苦我已經再也無法忍受了啊。」

她沈默了一會兒，把放在膝上的白色手帕的角角拉整齊。她一低垂眼睛時，黑色的假睫毛便在她臉上形成安靜的影子。

我乾咳一下。雖然也覺得最好說一點什麼，但又不知道說什麼才好，因此只沈默著。聽得見遠方發條鳥啼的聲音。

「我決意要死的原因正是那痛苦。那痛。」加納克里特說。「雖然這麼說,但我所說的痛既不是精神上的痛，也不是比喻上的痛。我所說的痛是純粹肉體上的痛。是單純的、日常的、直接的、物理的、而且正因爲如此而更切實的痛。具體說出來，也就是頭痛、牙痛、生理痛、腰痛、肩膀痠、發燒、肌肉痛、火傷、凍傷、扭傷、骨折、打傷……這類的痛。我一直遠比別人頻繁，而且強烈地繼續體驗著這些痛。例如我的牙齒似乎天生就有缺陷。我的牙齒總是整年都有什麼地方在痛。不管怎麼仔細地，一天刷幾次牙，多麼控制少吃甜的東西還是不行。不管多麼努力還是會有蛀牙。偏偏我的體質對麻醉又不太有效。因此牙醫對我來說簡直就像惡夢一樣。那是超過任何可以說明的痛苦，和恐怖。其次生理痛也很糟糕。我的月經極端嚴重，整整一星期之間，下腹部像錐子鑽進來似地疼痛。頭也會痛起來。我想岡田先生大概無法想像，那眞是眼淚都要流出來的痛苦。一個月裡有一星期之間，我就那樣，簡直像被拷問一般被疼痛所襲擊。

搭飛機的時候，由於氣壓的變化每次頭都像要裂開似的疼。醫生說大概是因爲耳朵的構造吧。據說耳朵內部如果長成對氣壓變化敏感的形狀的話，就會發生這種事。搭電梯也經常會這樣。所以我即使到高層大樓去也不能搭電梯。頭上有好幾個地方像要裂開，然後從那裡噴出血來似的那種疼痛會忽然襲來。還有，至少每星期有一次左右，早上醒來之後胃就會撕裂般疼得起不來。幾次到醫院檢查過，但卻沒發現原因。說是也有可能是精神方面的。但不管原因是什麼，痛總是不會改變。然而那樣的時候我卻又不能休息不去學校。因爲如果一感覺疼痛就不去學校的話，那我幾乎都不能上學了。

不管碰撞到什麼，身體一定會留下黑色斑痕。每次我看到自己的身體映在浴室鏡子裡時，都覺得想哭。身上到處都留下受傷的蘋果一般的黑色斑痕。因此我不喜歡在人家面前穿游泳衣，懂事以後幾乎都沒去游過泳。還有左右兩邊的腳大小不同，每次買新鞋子的時候，腳都會被鞋子磨痛得煩惱極了。

就這樣我幾乎不能做什麼運動，上中學的時候曾經被人家邀約勉強去溜冰。那次因為跌倒腰部嚴重摔傷，從此以後每逢冬天那個部位就變得開始激烈地刺痛。好像被粗壯的針使勁刺進去那樣的痛。好幾次從椅子上站起來時，就那樣跌倒。

便祕也很嚴重，三天或四天一次的排便除了痛苦之外沒有別的。肩膀痠痛也很慘。肩膀一痠痛起來那個部分簡直就像變成石頭一樣堅硬。痛苦得沒辦法一直站著，但躺下來還是痛。以前我曾經在書上看過，關於把人封進狹小木箱裡好幾年的中國刑罰的事，我想像那痛苦的感覺大概就是像這樣吧。肩膀痛得厲害的時候，我幾乎都不能呼吸了。

我還可以把我其他幾種痛一一列舉出來。不過老是繼續談這些，恐怕岡田先生也會很無聊吧，還是適可而止好了。我想傳達的意思是，我的身體是如此這般像痛苦的樣本簿一樣。所以各式各樣的痛苦都降臨在我身上。我想我是被什麼詛咒了。我想不管別人怎麼說，人生眞是不公平、又不公正。如果世界上的人都像我一樣背負相同的痛苦而活著的話，對我來說還可以忍受。然而事情並不是這樣。痛這東西是非常不公平的。我曾經試著問過各種人，關於痛的事。不過誰也不瞭解眞正的痛是怎麼回事。世上大多數的人，在日常生活上幾乎沒有感覺到什麼痛而活著。我知道這件事後（是在剛上中學那時候開始清楚地認識到的），傷心得眼淚都快掉下來。爲什麼只有我，非要背負這樣沈重的包袱活著不可呢？我想。如果可能的話眞想就這樣死掉算了。

不過同時我也這樣想。不，這種事情不可能永遠繼續下去，一定會有一天早晨醒來，痛苦就在沒有任何理由之下突然消失，而一個完全嶄新輕鬆沒有任何痛苦的人生便從此展開。不過，我沒有確實的信心。

我試著乾脆全部向姊姊坦白說出來。這樣辛苦的人生活著眞討厭。我到底該怎麼辦才好呢？馬爾他考慮了一下。然後這樣說。「我也覺得妳確實有什麼不對的樣子。不過那到底是怎麼個不對法，我不知道。怎麼辦才好，我也不知道。我還沒有那樣的判斷力。我能說的，只是最好等到二十歲再說。我想妳忍耐到二十歲，然後再做各種決定比較好。」姊姊這樣說。

就這樣，總之我決定試著活到二十歲再說。但不管經過多少歲月，事態依然絲毫沒有好轉。不但如此，痛苦反而比以前變得更激烈。我所知道的只有一件事。那就是「身體越成長，痛苦的量也和那相應地變大。」但八年之間，我忍耐過來了。在那之間，我一心努力只看人生好的一面活著。我已經不再對誰抱怨。不管多麼痛苦的時候，都努力隨時保持微笑。我訓練自己即使在痛苦激烈得站都站不住的時候，也能裝作若無其事似的安逸臉色。就算哭也好、抱怨也好，反正痛苦都不會減輕嘛。那樣做只有使自己更顯得可憐而已。不過由於那樣的努力，而使得很多人開始喜歡我。人們以爲我是一個乖巧而感覺很好的女孩。年紀大的人信賴我，因此我也能交到許多同年齡的朋友。如果沒有那痛苦存在的話，或許那眞是沒得抱怨的人生，沒得抱怨的青春吧。不過痛苦卻經常存在。痛苦就像我的影子一樣。我只要稍微快要忘記它了，痛苦立刻就會來到，在我身上的某個地方猛襲而來。

上大學時我也交了男朋友，大學一年級那個夏天我失去處女。不過那——當然是可以預測的事——除了痛苦之外沒有別的。有經驗的女朋友告訴我說「只要忍耐一段時間就會習慣的，如果習慣了就不會痛了，所以沒問題的。」不過實際上，不管過多久痛苦還是不消失。每次跟那個男朋友睡覺，我都痛得流眼淚。而且我已經對做愛感到厭煩了。有一天我對男朋友這樣說。「我雖然喜歡你，可是這麼痛的事情我再也不做了。」他大吃一驚，說怎麼有這種莫名其妙的事呢。「妳一定是有什麼精神上的問題喲。」他說。「不妨放輕鬆一點哪。那麼就不會痛了，而且心情也會很愉快。大家不都在做嗎？不可能就妳不能做吧。妳是努力不夠吧。終究是妳太任性了。妳把各種問題都推到痛上面去。光抱怨也沒有用啊。」

我聽完這話之後，把過去一直忍耐著的東西，在身上名副其實地爆炸開了。「不是開玩笑噢」我說。「你對痛苦知道什麼嘛？我所感覺到的痛可不是普通的痛噢。如果是痛方面的事，我可是經歷過所有各種一切的痛噢。既然我說痛的時候那麼就眞的是痛噢。」我這樣說。而且把我過去自己所經驗過來的能夠稱爲痛的痛全部不保留地列舉出來一一說明。不過他幾乎什麼也不能理解。眞正的痛這東西，是沒經驗過的人絕對無法理解的。就這樣我們分開了。

然後我迎接二十歲的生日。我是二十年來一直忍耐過來的。我想在什麼地方，應該會有什麼更大的光輝燦爛的大轉變吧？但並沒有這種事情發生。我眞的失望極了。覺得自己如果更早死掉就好了。我繞了長遠的路只有拉長痛苦而已。」

加納克里特說到這裡吸了一大口氣。她面前放著裝蛋殼的盤子，和變空的咖啡杯。裙子膝上還整齊地疊放著那小手帕。她好像忽然想起來似的。眼睛望了一下架子上放的時鐘。

「對不起。」加納克里特以乾乾的聲音說。「話比我想像的長多了。再說下去我想只有佔岡田先生的時間，給您添麻煩而已。無聊的話說這麼長，眞不知道該怎麼道歉才好。」

這麼說著她抓起白色漆皮皮包的把手，就從沙發站起來。「請等一下。」我急忙說。不管怎麼樣，我不想讓她這樣半途而廢地把話結束。「如果妳只是介意我的時間的話，沒有這個必要。我今天下午反正閒著。因爲妳既然已經說到這裡了，還是請妳好好把它說到最後好嗎？話應該可以繼續更長吧？」

「當然還可以繼續更長。」加納克里特說著還站在那裡，低下頭看著我的臉說。她用兩隻手緊緊握著皮包的把手。「剛才說到的地方只不過像前言一樣的東西而已。」

我說請在那裡等一下，於是到廚房去。對著流理台做了兩次深呼吸，再從餐具櫥拿出兩個玻璃杯，在那杯子裡放了冰塊。再注入冰箱的橘子汁。然後把那兩個玻璃杯放在小托盤上，端著回到客廳。我花了不少時間慢慢做那些動作，但我回來時，加納克里特卻還一直安靜站在那裡沒動。不過當我在她前面把玻璃杯放下時，她則像是改變了主意似地在沙發上坐下，把皮包放在身旁。

「眞的可以嗎？」她好像在向我確認似地問道。「可以談到最後嗎？」

「當然。」我說。

加納克里特喝完半杯橘子汁後開始繼續說。

「當然我死的事情是失敗了。這我想岡田先生也已經知道了。因爲如果死的事情成功的話，我就不會像這樣坐在這裡喝果汁了啊。」說到這裡加納克里特一直注視我的眼睛。我表示同意地微笑一下。「如果我依照計畫死掉的話，那對我來說應該是最後的解脫。如果我死掉的話，所謂意識這東西便永久消失，因此應該再也不會感覺到痛這東西了。那是我的希望。不過不幸的是我選擇了錯誤的方法。

五月二十九日下午九點我走到哥哥的房間去，說我想借車子。因爲是剛買的新車，因此哥哥一臉的不樂意，但我卻不理他。哥哥買那部車的時候也向我借了錢，沒有理由拒絕。我拿到鑰匙，坐上那部閃閃發亮的TOYOTA MR2，讓車子試跑了三十分鐘左右。車子還只不過是跑一千八百公里的新車。很輕巧，一踩油門速度瞬間就加快。跟我的目的眞是完全吻合。開到接近多摩川的堤防附近時，我找到一面看來十分堅固的大石牆。是某一棟公寓的外牆。而且正巧是一條T字路的盡頭。我爲了提高加速度而取好足夠的距離，使勁用力把油門踩到底。並迎頭撞進那堵牆壁。我想速度應該是高到一百五十公里吧。車子前端撞上牆壁的瞬間我就失去知覺了。

然而對我來說不幸的是，那堵牆居然建得比看起來脆弱多了。大概工人偷懶，沒有把基礎認眞做好吧。牆壁倒塌下來，車子前面的部分整個壓扁了。不過也只有這樣而已。牆壁是柔軟的，把那衝擊完全吸收掉。再加上，我大概一時頭腦糊塗混亂吧，居然忘了把安全帶解開。

因此我一條命是留住了。不但如此還幾乎沒受傷。奇怪的是連痛都幾乎沒感覺到痛。我覺得好像被狐狸逮住了似的。我被送到醫院，只斷了一根的肋骨也被接好了。警察到醫院來調查，我說什麼也不記得。不過我說我想大概是錯把油門當剎車踩了吧。警察完全相信我說的全部。因爲我才剛滿二十歲，拿到駕駛執照才不過半年而已。而且我猛一看，也看不出像是會自殺的那種類型。而主要的是沒有人會繫著安全帶企圖自殺。

但是出院以後我就面臨了幾個困難的現實問題。首先第一個是我不得不付那壓扁的MR2的汽車貸款。不巧的是，和保險公司間的手續出了一點差錯，汽車還沒有完成投保手續因此還不能享有理賠保障。

早知道會變成這樣，還不如去租一部確實已經加入保險的出租汽車還好。不過那時候根本沒想到保險的事。完全沒想像到哥哥居然沒有爲那部笨車子投保險，而偏偏我自殺又失敗。因爲明明是以一百五十公里的時速衝進石牆裡去，居然還活著眞是不可思議。

然後過了不久，公寓管理委員會要求賠償牆壁修理費的通知也來了。賠償通知書上寫著一百三十六萬四千二百九十四圓。這個我也不能不付。不能不立刻以現金支付。沒辦法我只好向父親借錢支付。不過父親對金錢是很認眞的，他對我說妳用貸款來還那錢吧。因爲發生那樣的意外事故是妳的責任，所以這筆錢妳必須一塊錢都不差地好好還給我才行，父親說。而且實際上，父親也沒有多餘的錢。因爲醫院那時候正好在擴建中，父親也正爲了籌錢在傷腦筋。

我也曾經想過再死一次。我想這一次可眞的要死噢。從大學校本部大樓的十五樓跳下去。那樣一定會死。絕對不會出差錯。我調查了好幾次，也確保了一個可以跳下去的窗口。我眞的差一點就要從那裡跳下去了。

不過那時候，有什麼把我制止了。不知道是什麼奇怪的東西。有什麼在我心裡牽扯著。而且那個「什麼」就在最後的瞬間，好像名副其實地從我背後把我拉住似的，把我制止住了。不過我花了相當長的時間才留意到那個「什麼」到底是什麼。

痛沒有了。

自從那件意外事故發生，我住院之後，幾乎沒有再感覺到痛這東西了。因爲事情一件又一件地發生，因爲一直忙忙亂亂的，我沒留意到這件事，然而痛這東西居然從我身上完全消失無蹤。通便也變自然了，生理不痛了，頭不痛了，胃也不痛了。連骨折的肋骨都幾乎沒感覺到痛。爲什麼會有這種事情發生呢？我眞是無法想像。不過總之稱得上痛的痛是消失掉了。

我想暫且再多活一陣子吧。我覺得有一點興趣了。沒有痛的人生，到底是怎麼樣的東西呢？就算一點點也好我想嚐一嚐。要死隨時都可以死啊。

然而對我來說延長生命這件事，不管怎麼說，就是意味著償還貸款。貸款全部加起來超過三百萬圓。因此，我爲了還那錢就去當妓女。」

「當妓女？」我吃驚地說。

「是的。」加納克里特若無其事地說。「因爲短期間內就需要錢。想盡早把貸款還淸，除此之外我沒有其他有效的賺錢手段。在那節骨眼上完全沒有所謂的猶豫。我是認眞想死的。而且我想或遲或早，我總是會死的。那時候，對於沒有痛的人生的好奇心，只是暫時讓我活下來而已。比起死來，出賣肉體並不算什麼了不起的大事。」

「原來如此。」

加納克里特用吸管攪拌著冰塊已經溶化的橘子水，然後喝了一點。

「可以問一個問題嗎？」我試著問。

「當然。請說。」

「關於這件事妳有沒有跟妳姊姊商量？」

「馬爾他那時候一直在馬爾他島上修行。姊姊在修行中絕對不告訴我她的住址。因爲這樣會擾亂修行。妨礙注意力的集中。所以，她在馬爾他的三年之間，我幾乎沒辦法寫信寄給姊姊。」

「原來如此。」我說。「還要不要喝一點咖啡？」

「謝謝。」加納克里特說。

我到廚房去熱咖啡。在那之間我一面望著換氣扇一面深呼吸幾次。咖啡熱了之後我把它倒入新的咖啡杯，連同裝了巧克力餅乾的盤子一起放在托盤上端出客廳。我們有一會喝喝咖啡，吃吃餅乾。

「妳想自殺是什麼時候的事？」我試著問。

「那是我滿二十歲的時候，因此從現在算起是六年前，也就是一九七八年五月的事。」加納克里特說。

一九七八年五月是我們結婚那個月。正好那時候加納克里特企圖自殺，加納馬爾他正在馬爾他島上修行。

「我到熱鬧的市區找適當的男人搭訕，交涉價錢，然後到附近的旅館睡覺。」加納克里特說。「對做愛這件事，我已經不再感覺到任何肉體上的痛苦了。已經不再像以前那樣痛了。完全沒有所謂快感可言。不過也沒有痛苦。那單純只是肉體的運動而已。我對拿錢做愛這件事一點也不覺得有什麼罪惡感。我被一種看不見底的深沈無感覺所包圍。

那是很容易賺錢的。我在第一個月就存了將近一百萬圓。照那樣下去，只要持續三、四個月，應該就可以還清貸款的。我從大學下課回來，傍晚就上街，最晚十點爲止就工作完畢可以回家了。我跟父母親說是去餐廳做女服務生的工作。沒有人懷疑。因爲如果一次還太多錢怕別人覺得奇怪，所以我每個月只還十萬圓。其他的都存進銀行。

不過有一天晚上，我像每次那樣在車站附近開口向男人搭訕時，我的手腕突然被兩個男人從後面抓住。我以爲是警察。但仔細一看他們是在當地活動的流氓。他們把我拖進巷子裡亮出刀子之類的兇器，就那樣把我帶到附近的辦公室。然後他們把我拉進後面的房間，把我脫光衣服再綁起來。然後花很長時間強暴我。並把那過程從頭到尾用錄影機拍攝下來。我在那之間一直閉著眼睛，什麼也不去想。那並不是一件困難的事。因爲我既沒有痛苦也沒有快感。

在那之後，他們把錄影帶給我看。然後說如果不希望那錄影帶被公開的話，就加入我們的組織工作吧。他們從我的皮夾裡拿出學生證，說如果我不答應的話就把錄影帶的拷貝寄去給我父母，把我所有的錢榨取光。我沒有選擇餘地。我說我什麼都不在乎，就依他們說的做吧。我那時候眞的是什麼都無所謂了。「確實加入我們的組織工作的話，也許拿到手的錢會減少。」他們說。「因爲我們要抽七成。不過因此，妳不用費事去找客人。也不用擔心被警察抓。還可以接到素質好的客人。像妳這樣沒個準則地向男人搭訕，終究有一天會被勒死在旅館裡喲。」他們說。

我已經不必站在街角了。每到黃昏我就到他們的事務所露面，依他們的話到指定的飯店去就行了。他們確實爲我介紹好客人。不知道爲什麼，但他們好像特別優待我。我外表看起來像個沒經驗的人，而且看來比別的女孩教養好。也許喜歡我這種型的客人比較多吧，我想。其他女孩子們通常一天要接三個以上的客人，我的情況一天只接一個或兩個都沒關係。其他女孩皮包裡都放有呼叫器，事務所一呼叫她們時，就必須趕快到某個落魄的飯店去，和身分不明的男人睡覺。不過我的情況大體上經常都事先預約好。場所幾乎都是體面的一流飯店。有時候也會到住宅大廈裡的一戶去。對方大多是中年男人，有時候也有年輕人。

每星期一次，我到事務所領錢。那金額雖然沒有以前多，但客人也會私下給小費，金額就變得不錯。當然也有客人會做奇怪的要求，但我都不在乎。要求越奇怪，他們給我的小費越多。有幾個人好幾次都指定要我。那些人大概都是付錢爽快的人。我把那些錢分幾個銀行存起來。不過那時候，錢的事已經無所謂了。那已經只不過是數字的羅列而已。我只是，好像爲了確認自己的無感覺而活著似的。

早上醒來，我還躺在床上，先確認自己的身體是否感覺得到任何可以稱爲痛的痛。張開眼睛，慢慢整理意識，然後從頭上到腳尖，一一順序確認著自己肉體的感覺。沒有任何地方痛。痛眞的不存在嗎？還是痛本身是存在的，只是自己對那沒有感覺呢？我無法判斷。但不管怎麼樣，就是不痛了。不只是痛而已，身上任何種類的感覺都沒有。然後我下床，到洗手間去刷牙。脫掉睡衣赤裸著身體，沖個熱水淋浴。身體感覺非常輕。非常輕飄飄的，感覺好像不是自己的身體似的。簡直就像自己的靈魂，寄生在不是自己的肉體上似的，那種感覺。我試著看看映在鏡子裡的自己的身體。但我感覺映在那裡面的東西好像非常遙遠似的。

沒有痛的生活──那是我長久以來夢寐以求的。但實際實現之後，我在那新的無痛生活中卻沒辦法適當地找到自己所屬的地方。那裡面有很明顯的差錯似的東西。那使我很混亂。我感覺到所謂自己這個人好像無法和這個世界的任何地方連繫在一起似的。過去我一直強烈痛恨著世界這東西。我一直憎恨著那不公平和不公正。但至少，在那裡，我是我，世界是世界。但現在世界連世界都不是了。我連我都不是了。

我變得經常哭。我白天一個人到新宿御苑或代代木公園去，坐在草地上哭。有時候會一小時、兩小時一直哭著。也曾經大聲哭過。經過的人都訝異地看著，但我不在乎。那時候，五月二十九日晚上，如果能夠乾脆地死掉不知道有多幸福，我想。不過對現在的我來說連死都辦不到了。我在無感覺中，連斷絕自己生命的力氣都喪失殆盡了。那裡既沒有痛、也沒有喜悅。那裡什麼都沒有。有的東西只有無感覺。而且我連我自己都不是了。」

加納克里特吸了一口大氣，然後拿起咖啡杯，凝視了一會兒。然後輕輕搖頭，把杯子放回碟子上。

「我和綿谷昇先生相遇就是在那個時期。」

「和綿谷昇相遇？」我吃驚地說。「那麼，也就是，以客人的身分嗎？」

加納克里特沈默地點頭。

「可是。」我說。然後過一陣子，我默默吟味著那語言。「我有點搞不清楚。妳姐姐告訴我的，好像是妳被綿谷昇強暴了的意思噢。難道那又是另一回事嗎？」

加納克里特拿起膝上的手帕，用那輕輕擦擦嘴角。然後好像要看進我的眼睛似地凝神注視著我。她的瞳孔裡有什麼使我的心亂起來。

「不好意思，可以再給我一杯咖啡嗎？」

「當然。」我說。我把桌上的咖啡杯放在托盤上收下去，到廚房熱咖啡。我兩隻手插進長褲口袋，靠在流理台等咖啡沸騰。當我拿著咖啡杯回到客廳時，沙發上已經不見加納克里特的影子。她的皮包、她的手帕、一切的一切都消失了。我走到玄關看看。那裡也沒有她的鞋子。

眞要命，我想。

9

電的絶對不足和暗渠，笠原 May 對假髮的考察

早晨，送久美子出門之後，我到區營游泳池去游泳。中午以前的游泳池是最空的時候。回到家我在廚房泡咖啡，一面喝著，一面尋思半途中斷就結束掉的加納克里特奇怪身世的種種。我順序一一回想她所說的事情。越回想越覺得奇怪。不過不久之後頭腦就不怎麼靈光了。覺得想睡覺。睏得好像要失去知覺似的。我在沙發上躺下閉起眼睛，就那樣睡著。而且做了夢。

夢裡加納克里特出現了。但首先出現的是加納馬爾他。夢裡加納馬爾他戴著鐵力士登山帽。帽子上插著很大而色彩鮮艷的羽毛。有很多人混雜在一起（好像是個大廳的地方），但戴著帽子的加納馬爾他的身影立刻就引人注目。她一個人坐在酒吧的吧台。一杯裝著熱帶飲料似的大玻璃杯放在她前面，但我不知道，加納馬爾他實際上有沒有沾口喝它。

我穿著西裝，繫著那條小雨點的領帶。一看見她，我就想筆直走到她面前，但被人羣遮斷無法順利往前進。好不容易跋涉到吧台時，加納馬爾他的身影已經不見了。只有熱帶飲料的玻璃杯還孤伶伶放在那裡。我在那旁邊的座位坐下來點了蘇格蘭威士忌加冰塊。酒保問我要那一種威士忌，我說 Cutty Sark。雖然什麼品牌都無所謂，但最先浮上腦海的是 Cutty Sark 的名字。

不過在我點的飲料送來之前，有人從後面像握住一個易碎品似地，悄悄抓住我的手腕。回頭一看，是個沒有臉的男人。不清楚是不是真的沒有臉。不過應該有臉的部分被暗影完全覆蓋住，無法看出那後面到底有什麼。

「在這邊，岡田先生。」男人說。我想說什麼，但他不給我開口的時間。「請你到這邊來。沒什麼時間了，快點。」他依然抓著我的手腕快步穿過混雜擁擠的大廳，走出走廊。我沒有刻意抵抗，就在男人引導下走到走廊。這男人至少知道我的名字。並不是不管什麼人不管什麼地方隨便跟他去。而是那裡有什麼理由或目的存在。

沒有臉的男人在走廊走了一會兒之後，停在一扇門前面。門上掛著208的門牌。「門沒上鎖。請你打開。」我照他說的打開那扇門。裡面是一間很寬敞的房間。看來像是古老飯店的套房似的。天花板很高，從上面垂下一盞老式的水晶燈。不過水晶燈的燈光並沒有亮。只有牆上裝的小壁燈發出幽暗的光線而已。窗戶的窗簾全都緊緊拉上。

「你想喝威士忌的話這裡要多少有多少。你說想喝 Cutty Sark 對嗎？不用客氣請儘管喝。」沒有臉的男人指著就在門邊的櫥子說。然後把我留在屋子裡，無聲地關上門。我還搞不清楚到底是怎麼回事，長久依然佇立在屋子中央。

屋子牆上掛著一幅大油畫。是一條河的畫。我為了讓心情平靜下來而看了一會兒那油畫。河上月亮出來了。月亮把對岸朦朧地映照出來，但那裡到底是什麼樣的風景，我都看不出來。月光未免太弱了，一切的輪廓都模糊不清無從掌握。

不過在不知不覺之間我變得非常想喝威士忌。我像沒有臉的男人說的那樣，打開櫥子想喝一口威士忌。但櫥子怎麼也打不開。看來像是門的地方，卻是製作巧妙的假門。我試著在一些凸起凹入的地方壓壓看拉拉看，但還是怎麼都打不開。

「那不是很容易開的，岡田先生。」加納克里特說。一留神時加納克里特就在那裡。她還是打扮成一九六○年代初期的樣子。「要打開它太花時間了。今天已經沒辦法。你就放棄吧。」

她在我眼前，簡直就像剝豆莢一樣順溜地把衣服脫光變成裸體。既沒有前兆，也沒有說明。「嗨，岡田先生，沒有很多時間。讓我們趕快把事情辦完。雖然不能慢慢來我覺得很抱歉，不過有很多原因，能來到這裡已經不容易了。」於是她向我走來，把我長褲拉鍊拉下，非常理所當然似地拿出我的陰莖。然後將戴了黑色假睫毛的眼睛悄悄閉上，把那完全放進嘴裡。她的嘴比我想的大得多。我的陰莖在她嘴裡立刻變硬變大。她的舌頭一動，捲過的頭髮就像被微風吹拂著似地輕微晃動。那髮稍撫觸著我的大腿。我能看到的，只有她的頭髮和睫毛。我坐在床上，她跪在地上，把臉埋在我的下腹部。「不行。」我說。「綿谷昇不是馬上就要來了嗎？要是被他碰見的話就糟了。我不想在這樣的地方跟那個人見面。」

「沒問題。」加納克里特嘴巴從我的陰莖移開說。「離那還有一點時間。不用擔心。」

然後她又用舌尖在我的陰莖上爬行。我不想射精。但卻停不住。那就像要被吞進什麼地方去了似的感覺。她的嘴唇和舌頭簡直就像滑溜溜的生命體似的，把我緊緊抓住。我射精了。然後，醒過來。

要命，我想。我到浴室去把弄髒的內衣洗了，爲了把黏糊糊的夢的感觸去掉，我沖了個熱水澡仔細把身體洗乾淨。到底幾年沒夢遺了。我努力回想最後一次夢遺是什麼時候的事。但想不起來。總之那已經是想不起來之久的往事了。

沖過澡走出來，正用浴巾擦著身體時，電話鈴響了。打電話來的是久美子。因為我剛剛在夢裡以其他女性為對象射完精，因此和久美子講話有點緊張。

「你聲音有點怪，發生什麼事嗎？」久美子說。她對這種事敏感得可怕。

「沒什麼。」我說。「剛才有點睏打了一下瞌睡，現在才剛醒過來。」

「哦。」她好像很懷疑似地說。她所感覺到的懷疑經過聽筒傳過來，那使我更緊張。

「很抱歉，我想今天會稍微晚一點回家。說不定要到九點左右。不管怎麼樣反正我會在外面吃飯。」

「沒關係，晚飯我會一個人隨便吃。」

「對不起噢。」她說。好像突然想起來追加一句似的。然後隔了一會兒掛上電話。

我望一望聽筒，然後走到廚房，削蘋果吃。

我從六年前和久美子結婚到現在，從來沒有一次和別的女人睡過覺。雖然這麼說，但這並不表示我對久美子以外的女性完全沒有性慾。或者完全沒有機會。只是我並不特別去追求那樣的機會而已。雖然，那沒辦法恰當說明，不過我想那是像人生裡各種事物的優先順位一樣的事情吧。

只有一次，在偶然的情況下，曾經在一個女孩子家住過一夜。我對那女孩懷有好感，她覺得可以跟我睡覺，我也知道對方這樣想。雖然如此我還是沒和她睡覺。

她是在我工作的事務所裡幾年一起共事的女孩。年齡我想大概比我小二、或三歲。工作性質是接接電話，調整大家的工作進度，對這方面她眞的很能幹。感覺很好的女孩子，記憶力也很優越。什麼人現在在什麼地方做什麼，什麼資料放在那個資料櫃裡，問她的話絕對沒有不知道的。約會也都是她在安排。大家都喜歡她、信賴她。我和她可以說私下很親近，兩個人曾經一起去喝過幾次酒。雖然談不上美，但我滿喜歡她的長相的。

她為了要結婚而辭掉工作時（結婚對象因為工作關係不得不搬到九州去），上班的最後一天，我和辦公室裡其他幾個人一起邀她去喝酒。因為回家搭同一線電車，而且時間也不早了，所以我送她回家。到公寓門口時，她邀我要不要進去坐一下喝個咖啡。雖然我顧慮著最後一班電車的時刻，但因為從此以後可能再也見不到面了，加上也想喝點咖啡可以解酒，因此決定到她屋裡去。那是看來很像是女孩子一個人生活的房間。設有以一個人生活來說多少有些過於豪華的大型冰箱和裝在書櫃裡的小型音響設備。她說冰箱是朋友免費送的。她在隔壁房間換上輕鬆的衣服，到廚房泡了咖啡。我們兩個人並肩坐在地板上聊天。

「嘿，岡田先生你有沒有特別害怕具體的什麼東西？」談話中斷時，她好像忽然想起來似地這樣問我。

「我想沒什麼這種特別的東西吧。」我想了一下說。害怕的東西是有幾個，但要說是特別的則想不起來。「妳呢？」

「我害怕暗渠。」她以雙手抱著膝蓋的姿勢這樣說。「你知道什麼是暗渠吧？就是地下水道。被蓋子蓋起來的黑漆漆的暗流。」

「ㄢˋ ㄑㄩˊ？」我說。字該怎麼寫才好，我想不起來。

「我是在福島鄉下出生的，我們家附近有一條小河。經常有的農業用水的小河流，但那中途變成暗渠。我那時候才兩歲或三歲，和附近比我年紀大一點的孩子們一起玩。那些小孩把我放在一艘小船上順著河水流。那大概是經常玩的遊戲吧。不過那時候剛下過雨，水量增加了，於是船脫離小孩子們的手，而我就被筆直沖向暗渠的入口往前流著。如果不是碰巧附近的阿伯從那裡經過的話，我想我一定已經被那暗渠吸進去，從此去向不明了。」

她好像要再一次確認自己還活著似地用左手手指撫摸著嘴邊。

「那時候的情景現在還記得很清楚噢。我變成仰臥著被沖流下去。看得見石牆似的河壁，那上面清清楚楚的漂亮藍天一直延伸出去。而我則一直一直，一直一直被沖流下去。我不知道到底發生了什麼事。不過漸漸的，我突然明白，那前面就是一團黑暗。而且那是眞的。終於那黑暗接近了，正要把我吞進去。涼涼的影子的感觸立刻就要把我包進去了。那對我來說，是人生第一個最初的記憶。」

她喝了一口咖啡。

「好可怕啊，岡田先生。」她說。「我好怕、好怕，怕得不得了。怕得無法忍受。就像那時候一樣。我漸漸被流進那裡去。我無法從那裡逃出來。」

她從皮包裡拿出香煙含在嘴上，用火柴點著，並且慢慢地把煙吐出來。看她抽煙那還是第一次。

「妳是說結婚嗎？」

她點點頭。「對，我是說結婚。」

「對結婚妳有什麼具體的問題嗎？」我問。

她搖搖頭。「我想沒什麼具體的問題。當然如果要談到細節會沒完沒了。」

雖然我不知道該怎麼說才好，但總之好像有不得不說點什麼的氣氛。

「即將跟什麼人結婚的時候，我想大家都多多少少會有類似的心情吧。好像覺得自己說不定即將犯下大錯似的。不過這種不安應該說是當然會有的吧。要跟一個人一起過一輩子，終究是一個重大的決定啊。所以我想沒那麼可怕吧。」

「這樣說起來是很簡單，大家都這樣噢，大家都一樣嘛。這樣說。」她說。

時鐘正繞過十一點。我想必須總結說點什麼好話以便告辭了。不過在我說出什麼之前，她突然對我說我要你抱緊我。

「爲什麼？」我吃驚地問。

「我希望你爲我充電。」她說。

「充電？」

「我身體的電不夠啊。」她說。「前一陣子開始我每天幾乎都睡不著覺。睡一會兒就醒過來，然後就睡不著了。什麼都沒辦法想。那樣的時候，就必須有人爲我充電才行。要不然，就沒辦法再活下去了。眞的噢。」

我想她是不是喝醉了，看看她的眼睛。不過她的眼睛已經恢復和平常一樣聰明而冷靜的樣子。完全沒有喝醉。

「不過，妳下星期就要結婚了啊。妳可以要他盡情地抱妳呀。每天晚上都可以抱妳呀。結婚這件事好像就是爲了這個嘛。以後妳就不會不夠電了。」

她沒有回答這個。只是閉著嘴唇，一直看著自己的腳尖而已。兩隻腳整齊地併在那裡。小而白皙的腳，上面附著十個形狀漂亮的指甲。

「問題是現在呀。」她說。「不是明天、下星期、或下個月，是現在不夠啊。」

因爲她似乎是眞的認眞地希望有人抱她，因此我暫且把那身體抱緊。那實在是非常奇怪的事。對我來說她是能幹的、感覺很好的同事。我們在同一個辦公室工作、開玩笑、有時候也一起去喝酒。但像這樣放開工作在她房間裡抱著那身體時，那只不過是一團溫暖的肉塊而已。終究，我們只是在工作場所這舞台上，各自扮演著被分派的角色而已呀，我想。一旦走下那舞台時，只要去除在那裡所交換的暫定的印象，我們都只不過是既不安定又笨拙的肉塊而已。那只是一套具備了骨骼、消化器、心臟、腦和生殖器的活生生溫暖暖的肉塊而已。我把手繞到她背上，她把乳房緊緊壓在我身上。實際上互相接觸之後，她的乳房比我想的更大更柔軟。我坐在地上靠著牆，她則軟趴趴地整個貼上來。我們什麼也沒說地，長久安靜地以那姿勢互相擁抱著。

「這樣可以嗎？」我問。那聽起來不像是自己的聲音。好像是其他的什麼人代替我說的似的。我知道她點頭了。

她穿著毛線襯衫，及膝的薄裙子。不過我終於明白，她在那下面居然什麼也沒穿。一明白這個之後，幾乎是自動地勃起了。而且她似乎也留意到我正勃起。她溫暖的氣息一直吹在我脖子上。

我沒有和她睡覺。不過我終究一直爲她「充電」到兩點左右。拜託你不要留下我一個人自己回去，等我睡著爲止留在這裡抱著我，她說。我帶她到床上，讓她睡下。然而她一直沒睡。我就一直抱著換上睡衣的她爲她「充電」。我可以感覺到手腕中她的臉頰變熱，胸部怦怦地跳著。我自己也不知道這樣做是不是對。不過除此之外，想不到該怎麼處理那狀況。最簡單的是乾脆和她睡覺，但我總算把那可能性從腦子裡趕走。我的本能告訴我不應該那樣做。

「岡田先生，你不要因爲今天的事而討厭我噢。我只是電不夠實在沒辦法而已。」

「沒問題。我很瞭解。」我說。

我不能不打電話回家，我想。但該怎麼向久美子說明才好呢？我不喜歡說謊，但也不認爲這種事情逐一向她說明而她能夠瞭解。不過在那之間，我已經逐漸覺得都無所謂了。隨它去吧，我想。兩點鐘走出她的房間，回到家已經三點。因爲找計程車花了一些時間。

久美子當然很生氣。她沒有睡，就坐在廚房餐桌前等著我。我說明跟同事去喝酒，然後打了麻將。爲什麼不打一通電話回來呢？她說。根本沒想到電話的事，我說。但當然她不能接受，而且謊話立刻就拆穿了。因爲我已經好幾年不打麻將了，而且大體上，我生來就不擅長說謊。沒辦法，我只好說出實話。從最初到最後——當然只省略掉勃起的部分——把眞實的事情說出來。不過我跟她眞的什麼也沒有做，我說。

久美子從此三天之間沒跟我說話。完全一句話也沒說。她到別的房間去睡，一個人吃飯。那也可以說是我們結婚生活所面臨的最大危機。她眞的認眞生我的氣了。而且她生氣的心情我也很能瞭解。

「如果你是處於相反立場的話，你會怎麼想？」三天的沈默之後久美子對我這樣說。那是她的第一句話。「如果我一通電話也沒打卻在星期天早晨三點才回家，說我剛才和男人一起上床，不過什麼也沒做，所以沒問題喲，請相信我。因爲我只是爲那個人充電而已。好了，現在開始吃早餐然後要好好睡一覺了，我這樣說，你會不生氣就相信我嗎？」

我沈默著。

「你的情況比那更糟糕噢。」久美子說。「你是一開始先說謊了噢。說什麼跟誰喝酒，又打麻將了。而那其實是謊話。我怎麼能相信你跟那個人沒睡覺呢？我怎麼能相信那不是謊話呢？」

「我覺得剛開始說謊是我不好。」我說。「我會說謊是因爲，說明眞正的事實很麻煩哪。那不是能夠簡單說明的。不過我只希望妳相信。眞的沒有任何不對勁的事情。」

久美子把臉伏在桌上一會兒。周圍的空氣感覺上似乎逐漸變稀薄了。

「雖然我不太會說，不過我除了希望妳相信我之外也沒辦法說明了。」我說。

「如果你要我相信你的話，我也可以相信你。」她說。「不過希望你記住這一點。我也許有一天，也會對你做出一樣的事。那時候請你相信我噢。我有那樣的權利喲。」

她還沒有行使那權利。我常常想如果變成那樣的話，我大概會相信她的話吧。不過，大概我還是會有複雜，而無法釋懷的感覺吧。爲什麼非要刻意去做那樣的事不可呢？而且那眞的是，久美子那時候對我所感覺到的心情。

「發條鳥先生？」有人在庭院那邊叫著。那是笠原May的聲音。

我一面用毛巾擦著頭髮一面走出簷廊。看看她在簷廊旁坐著啃著拇指的指甲。戴著第一次見到她時戴的同樣的深色太陽眼鏡，奶油色的綿長褲，上面穿著黑色的Polo襯衫。手上拿著檔案夾。

「我從那個地方翻牆過來的。」笠原May說，指著磚牆。然後拍拍沾在長褲上的灰塵。「大致上看準了才翻過來的，不過幸好是你家。如果爬牆過來發現是別人的家那就麻煩大了。」

她從口袋裡拿出Short Hope點上火。

「那麼，發條鳥先生你好嗎？」

「還好。」我說。

「嘿，我現在要去打工，發條鳥先生要不要一起去呀？因爲是兩個人一組的工作，跟認識的人一起對我來說比較輕鬆。因爲，你看，跟第一次見面的人一起，人家都會問很多問題對嗎？妳幾歲呀？爲什麼沒去上學呀？這些個問題好麻煩哪。說不定對方是變態的人呢。那種事情也不是沒有可能對嗎？所以，如果發條鳥先生可以一起來的話，對我也很有幫助呢。」

「就是妳上次說過的假髮廠商的調查工作嗎？」

「對。」她說。「只要從一點到四點，在銀座數禿頭的人數。事情很簡單。而且我想對你也有好處噢。因爲看你的樣子反正總有一天會禿頭，所以趁現在多看看先研究起來比較好，不是嗎？」

「不過，妳不去上學，卻從大白天就在銀座做那樣的事，不會被輔導嗎？」

「只要說是社會科的課外上課，正在做調查什麼的就行了。我每次都這樣矇騙過關，所以沒問題的。」

我因爲也沒什麼特定的預定，於是決定陪她去。笠原May打電話到那家公司，說現在要過去。她在電話上規規矩矩地用一般的方式說。是的，我想和那個人一組一起工作。嗯，是的。沒問題。謝謝。是，我知道了，我明白，我想十二點過我會過來，她說。爲了妻提早回家時預做準備，我留下一張六點前回來的留言條，便和笠原May一起出門。

假髮廠商的公司在新橋。笠原May在地下鐵電車上向我簡單說明調查內容。根據她的說明，我們要站在街角，數通過的禿頭（或者頭髮比較薄的）行人數量。並把他們依禿頭演變的程度分類爲三個階段。「梅」是覺得頭髮稍微變稀薄的人，「竹」是變得相當稀薄的人，「松」是完全禿的人，這三個階段。她打開檔案夾拿出調查用的說明書，讓我看那上面各式各樣的禿法實例。各種禿法，都依演變程度分爲松竹梅三個階段。

「這樣你已經知道大致要領了吧。什麼程度不同禿法的人，該歸入那一階段。雖然要詳細說的話是沒有止境，不過大致上已經知道什麼樣的屬於什麼了吧。只要大概就行了。」

「我想大概知道了吧。」我以不太有信心的聲音說。

她旁邊的座位上坐著一位顯然已經達到「竹」階段胖胖的上班族模樣的男人，一副很不自在似地眼睛不時瞄一下那說明書，但笠原May似乎對那一點也不在意。

「我來區別松、竹、梅。你只要站在我旁邊，每次我說松或竹的時候，你就在調查表上紀錄下來就行了。怎麼樣，很簡單吧？」

「嗯。」我說。「不過做這種調查，到底有什麼好處呢？」

「這個我就不知道了。」她說。「他們在很多地方都做這種調查。新宿、涉谷或青山之類的地方。大概在調查什麼地方禿頭人數最多吧。或許在查松竹梅的人口比率也不一定。不過不管怎麼說，那些人錢太多了。所以才能在這方面花錢哪。因爲假髮業界是很賺錢的。獎金也比一般商社多。你知道爲什麼嗎？」

「不知道。」

「因爲假髮的壽命啊，其實相當短呢。也許你不知道，不過大約才二、三年喏。因爲最近的假髮做得非常精巧，因此消耗也激烈。經過兩年或長則三年，大體上都必須重新買過。因爲它和皮膚很密合，所以假髮下面自己的頭髮比以前變得越薄，越需要更換更密合的東西才行。所以總之，如果你使用了假髮，經過兩年後那不能用了，你會這樣想吧？嗯，這頂假髮已經消耗掉。不能用了。不過要買新的也很花錢，所以我明天開始不戴假髮去上班吧。大概會這樣想吧？」

我搖搖頭。「我想大概不會。」

「對呀，不會這樣想吧。也就是說，使用了一次假髮的人，就有一直使用假髮的宿命。因此假髮廠商才賺錢哪。這樣說雖然有點過分，不過就像毒品販賣者一樣。只要抓住顧客一次的話，那個人就一直是顧客。大概到死都是顧客。因爲一旦禿頭的人沒聽說忽然又生出黑黑的頭髮來吧。假髮一頂大約要五十萬圓左右，最麻煩的大約一百萬圓左右噢。這每兩年要買一次，所以很不簡單喏。汽車可以開個四年或五年不是嗎？而且有人接手買舊車。可是假髮的循環壽命就短多了，而且沒有人會接手買舊的。」

「原來如此。」我說。

「而且，假髮廠商還自己經營美容院。大家都到那裡去洗假髮，剪自己的頭髮。不是嗎？因爲你要是到理髮店去坐在鏡子前面，好了把假髮一拿下來，說道請幫我剪頭髮，總是很難開口吧。光是這種美容院的收入就相當可觀呢。」

「妳知道好多事情啊。」我佩服地說。坐在她旁邊「竹」的上班族熱心地豎著耳朵聽我們談話。

「嗯，我跟他們公司的人很要好，從他們聽到很多事情。」笠原May說。「因爲他們賺錢賺得不得了。他們到東南亞等，工資便宜的地方去製造假髮。頭髮也是在那邊買的。泰國和菲律賓之類的地方。在那種地方女孩子把頭髮剪了，賣給假髮公司。那有時候可以當她們的嫁妝資金呢。世界眞是奇怪啊。這邊的某個地方的叔叔伯伯的頭髮，其實是印度尼西亞女孩子的頭髮也不一定噢。」

這樣一說時，我和那位「竹」的上班族便反射性地巡視車子裡。

我們到新橋那家假髮公司去，領了裝在紙袋裡的調查用紙和鉛筆。公司據說是業界營業額第二大的，但為了讓顧客能輕鬆地進門，因此公司的入口反而非常收斂靜悄，外表連一片招牌都沒有掛。紙袋和用紙也都沒有放公司名稱。我的姓名、住址、學歷、年齡塡在打工登記用紙上，向調查課提出。那是個靜得可怕的工作場所。既沒有人朝著電話大聲吼，也沒有人捲起襯衫袖子拚命敲電腦鍵盤。大家都穿著清潔的衣服，各別安靜地進行工作。在假髮公司，這是理所當然的吧？看不到一個禿頭的人影。其中有幾個人或許戴著自己公司的假髮也不一定。但看不出來誰有戴誰沒戴假髮。那是我到目前為止看過的公司裡，氣氛最奇怪的一家。

我們從那裡出來就搭地下鐵到銀座路上去。因為還有一點時間，肚子也餓了，我們便走進 Daily Queen 去吃漢堡。

「嘿，發條鳥先生。」笠原 May 說。「如果你禿頭了，你想會不會戴假髮？」

「不曉得。」我說。「因為我很怕麻煩，所以大概禿頭就讓他禿頭吧。」

「嗯，我想那樣比較好噢。」她用紙餐巾把沾在嘴邊的蕃茄醬擦掉。「禿頭其實沒有本人想像的那麼糟噢。我覺得沒有必要那麼在意。」

「哦。」我說。

然後我們在和光名店前的地下鐵入口坐下，花三個小時數著頭髮稀薄的人們的人數，坐在地下鐵入口，俯視著從樓梯上上下下的人頭時，最能正確掌握頭髮的情況。笠原May一說松或竹時，我就在紙上寫下來。看來笠原May對這種作業似乎非常熟練。她一次也不曾猶豫，或說得含糊，或重說一遍。她眞的是迅速而確實地，將薄髮的程度區分爲三個階段。她讓步行者不會留意地，小聲而短截地說著「松」或「竹」。有時候一下子有好幾個頭髮稀薄的人通過，這時候她就必須很快地這樣說「梅梅竹松竹梅」。有一次有一位看來很高尙的老紳士（他自己滿頭是可觀的白髮）看了一會兒我們的作業之後，對我質問道「對不起，請問你們在那裡做什麼呢？」

「做調查。」我簡短地說。

「做什麼調查？」他問。

「社會科的調查。」我說。

「梅松梅。」笠原May小聲對我說。

他一副很不以爲然的臉色，在那之後還繼續看著我們的作業一會兒。不過終於放棄地走掉了。

隔著馬路對面三越的時鐘告知四時之後，我們就停止調查。然後又再到Daily Queen去喝咖啡。雖然不是特別需要用勞力的工作，但肩膀和脖子卻奇怪地僵硬起來。或許我對於暗中悄悄數著禿頭人數這種行爲，有點覺得類似愧疚的感覺吧。我們搭地下鐵到新橋的公司途中，我每看到禿頭的人就會反射性地把他們區分爲松或竹，那並不能說是很愉快的感覺。不過不管怎麼想停止這樣做，卻像一種已經形成的情勢似的，停也停不下來。我們把那調查用紙交給調查課，領到報酬。以勞動時間和勞動內容來說算是不錯的金額。我在收據上簽字，把那錢放進口袋。我和笠原May搭地下鐵到新宿去，然後轉小田急線回家。差不多開始進入下班的尖峰塞車時段了。眞是好久沒搭擁擠的電車了，但並不特別懷念。

「不錯的工作吧？」笠原 May 在電車裡說。「旣輕鬆，報酬又馬馬虎虎。」

「不錯。」我一面舔著檸檬水果糖一面說。

「下次要不要再一起做？每星期可以做一次左右。」

「再做也可以。」

「嘿，發條鳥先生。」沈默一會兒之後，笠原 May 好像忽然想起來似的說。「這只是我的感覺，人害怕禿頭，是不是因爲那令人想起人生的終結似的呢？也就是說，人開始禿頭之後，就會覺得自己的人生好像在繼續磨損下去似的吧。覺得自己正面對死亡，朝向最後的消耗，又大踏一步更接近了似的。」

我試著考慮了一下。「確實也有這種想法也說不定。」

「嘿，發條鳥先生，我常常會想，要是慢慢花時間，一點一點地死去，到底是怎麼樣的感覺噢？」

我因爲不太明白問題的主旨，因此依然抓著吊環，改變一下姿勢，探視一下笠原 May 的臉。「慢慢地一點一點死去，例如具體上來說是什麼樣的情況呢？」

「例如嘛……對了，比方說一個人被關閉在某個黑暗的地方，旣沒有吃的東西，也沒有喝的東西，逐漸一點一點地死去的情況啊。」

「那確實很難過，大概很痛苦吧。」我說。「盡可能不要是那種死法。」

「不過，發條鳥先生，人生本來不就是這樣嗎？大家不都是被關閉在某個黑暗的地方，吃的東西喝的東西都被拿走，逐漸慢慢死去不是嗎？一點、一點地。」

我笑了。「妳以妳的年齡來說，倒經常有一些非常 Pessimistic 的想法啊。」

「你說的那個 Pessi 什麼的是什麼意思？」

「Pessimistic。就是只把世上的黑暗面拿出來看的意思啊。」

Pessimistic，她在嘴裡重複幾次。

「發條鳥先生。」她一面抬頭一直睨著我的臉一面說。「我才十六歲，還不太明白世上的事情，不過只有這點我可以斷言。如果我是 Pessimistic 的話，世上不是 Pessimistic 的大人都是傻瓜。」

10

奇異的接觸，浴缸中之死，遺物送達者

我們搬到現在住的獨棟住宅，是在結婚後的第二年秋天。以前住的高圓寺的公寓要改建，我們不得不搬出來。因此我們到處找便宜又方便的公寓，不過能符合我們預算的房子不是那麼容易找。我舅舅聽到這件事之後，就說自己在世田谷有一棟房子要不要暫時先過來住。那是他還年輕時候買的，自己住了十年的房子。對舅舅來說是想把那老舊房子拆掉，重新蓋一棟機能新一點的房子，但因爲建築法規的限制，並不能依照自己想蓋的樣子蓋。聽說不久後法規將放寬，舅舅在等著，在那期間如果沒有人去住而空著稅金比較重，但話說回來如果租給不認識的人，要人家搬走的時候很可能會發生爭執。因此，爲了稅金對策名目上的租金，舅舅說只要付和過去公寓租金（那是相當便宜的）一樣就好了，不過另一方面如果要我們搬走的時候，三個月內就要搬出去。關於這點我們沒有異議。雖然我們不太明瞭稅金的情況，但就算是很短期間內能以便宜租金住獨棟住宅，都是非常幸運的事。雖然離小田急線車站還有相當一段距離，但房子周圍是寧靜的住宅區，雖然小但還有一個庭院。雖然是別人家，不過實際搬過去之後，我們竟然好像有了一種「成家」的踏實感似的。

舅舅是我母親的弟弟，他是個不囉嗦的人。個性很豪爽，可以說非常通情達理，但因爲什麼多餘的話都不說，因此有一些莫測高深的地方。不過我在親戚裡面對這位舅舅最有好感。他從東京的大學畢業之後，就在廣播電台上班當電台的播音員，不過大約繼續做了十年之後，就說「做膩了」而辭掉電台的工作，在銀座開始經營酒吧。一家沒什麼裝飾感的小酒吧，但因爲雞尾酒做得很地道而小有名氣，幾年之內，又開了另外幾家餐飲店。他似乎俱備了那種生意所需的才能，每一家都生意興隆。學生時代，有一次我問過舅舅，你開的店爲什麼都那麼順利呢？例如在銀座同樣的場所開同樣外觀的店，有些店就生意興隆，有些店卻倒閉關門。我不太瞭解理由在那裡。舅舅把雙手的手掌攤開，給我看。「魔掌嘛」，舅舅一本正經地說。此外什麼也沒說。

或許確實舅舅擁有類似魔掌似的手腕。但不只那樣，他不知道怎麼就是有集合優秀人材的才能。舅舅給這些人優厚的待遇，他們也很仰慕舅舅而努力工作。「覺得不錯的人就大方地付錢，給他機會呀。」舅舅曾經對我說。「能用錢買的東西，不太需要考慮得失，就用錢買最好。剩下的精力可以留下來用在錢買不到的東西上。」

他很晚婚，四十五歲左右經濟上已經成功之後，才好不容易安定下來。對方是小他三歲或四歲離過婚的女性，她也有相當的資產。舅舅並沒有提起和她是在什麼地方如何認識的，我也無法推測，不過看起來教育很好的樣子，人滿溫和的。兩個人之間並沒有小孩。她上一次結婚好像也沒有小孩。或許那是婚姻不順利的原因吧。不管怎麼說舅舅在四十五歲左右，即使不能算是資產家，但至少已經擁有不必再爲錢奔波勞累就能過得不錯的境遇了。除了餐廳收入之外，還有出租房屋和公寓的收入，有從投資獲得的厚實股利。因爲舅舅從事的是餐飲業，因此在我們以固定職業和微薄生活模式爲一般人所知的家族裡，有些被瞧不起，他本人本來就不太喜歡和親戚交往。但舅舅對唯一的外甥我，卻從以前就一直很關心。我上大學那年母親去世，和再婚的父親之間相處不太好之後，尤其如此。我在東京一個人過著貧苦大學生生活的那段期間，舅舅在銀座的幾家自己開的店就常常請我免費吃。

說是住獨棟住宅太麻煩，舅舅夫婦倆便住到麻布的坂上一棟大廈裡。他並不是特別喜歡奢侈生活的人，不過買名貴車是他唯一的樂趣，車庫裡有古老車型的 Jaguar 或 Alfa Romeo。都是接近古董車了，但保養得眞好，簡直就像剛出生的嬰兒一樣閃閃發亮。

我有事打電話給舅舅，順便想到就試著問了一下笠原 May 家的事。

「笠原家啊。」舅舅想了一會兒。「不記得笠原這個姓。因爲我住那裡的時候是單身，完全沒有和鄰居來往。」

「那笠原家隔著後巷的裡側，有一間空房子。」我說。「以前好像住過姓宮脇的，現在房子空著，防雨板窗都釘牢關著。」

「那宮脇家我倒很淸楚。」舅舅說。「從前，那家主人經營過幾家餐廳。銀座也有一家。因爲工作上的關係我們見面談過幾次。店老實說，並不是怎麼樣的店，不過地點很好，我想經營也很順利。宮脇這個人是感覺滿好的人，不過因爲是少爺長大的。沒吃過什麼苦吧，或者不習慣吃苦，不管怎麼說就是永遠長不大的那一型。不知道聽了誰的勸告，去買起股票，結果那傢伙在不妙的時候把錢都投進去，虧得一塌糊塗，土地、房子、店全部都丟掉了。正好不巧得很，爲了開新店而把房子和土地拿去抵押。就像剛拿掉撐籬笆的木棍時，卻迎面吹來一陣強風一樣，眞是屋漏偏逢連夜雨。我記得好像有兩個剛成年的女兒。」

「從此以後那一家就一直沒人住嗎？」

「哦。」舅舅說。「沒人住嗎？那麼一定是所有權有問題，資產變成凍結狀態之類的吧。不過那房子就是便宜一點也不要買比較好噢。」

「那樣的房子，就是便宜一點也買不起呀。」我笑著說。「不過爲什麼呢？」

「我也是在買自己的房子時調查了一下，那邊曾經發生過很多不好的事。」

「鬧鬼或是那一類的事嗎？」

「有沒有鬧鬼我倒不知道，不過關於那個地點沒有什麼好話。」舅舅說，「那裡在戰爭以前，是一個相當有名的軍人住的地方。戰爭期間到過中國北方的上校，是陸軍裡的佼佼菁英幹部。他們率領的部隊在那邊曾經建立相當的功勳，但同時似乎也做了很多很慘的事。把戰時俘虜接近五百人一次處刑，或把幾萬農民搜集起來，強制勞動、殘酷使役使得半數以上都死去。這些都是聽來的傳聞，是眞是假我不清楚。他在戰爭結束稍前被調回內地，在東京迎接戰爭結束，不過看看周圍的狀況，估計自己以戰犯的嫌疑者身分被遠東軍事法庭判刑的可能性極大。在中國耀武揚威的將軍和校官級都一一被MP憲兵抓走。他不打算接受裁判。不願被當成梟首示衆的罪人，最後接受絞首刑罰。他想要是那樣，不如自己了結生命。所以當那位上校看到美軍的吉普車停在自己家門前面，美國兵從車上下來時，就毫不猶豫地舉槍射穿自己的腦袋。本來是打算切腹自殺的，但沒有充裕的時間那樣做。還是手槍比較可以乾脆快速地死掉。而他太太也追隨在丈夫之後在廚房上吊了。」

「哦。」

「不過那美國兵卻只是來找女朋友家，迷了路的普通GI美軍。正想在附近找個人問路時，把吉普車暫停一下而已。你也知道，那附近的路，第一次來的人有點難找。人，在臨死前要認定分界線其實沒那麼簡單喏。」

「是啊。」

「那件事之後有一段時間那房子變成空屋，不過終於有一個電影女明星買了。已經是很久以前的人了，並不是多有名的明星，因此我想你可能不知道名字。那個女明星住在那裡，對了，大概住了十年左右吧。單身，和女佣兩個人住。不過那女明星搬來那房子幾年後眼睛出了毛病。眼睛模糊，很近的東西，都只能隱約看見。不過因爲是女明星，總不能戴眼鏡工作。隱形眼鏡那時候還沒有現在這麼好，而且還不普遍。所以她每次都先調查好攝影現場的地形，這邊走幾步有什麼，從那邊往這邊走幾步有什麼，先在腦子裡記下這些再表演演技。因爲是從前松竹的家庭戲劇，這樣就應付得過去了。從前什麼事情都是這樣悠閒的啊。不過有一天，她跟平常一樣事前調查好現場，心想這樣沒問題，於是安心回到後台化粧室，然而不明究竟的年輕攝影師，卻把道具布景的很多東西都各移動了一點。」

「哦。」

「於是她一腳踩個空就摔倒了，變得不能走路，而且，由於那次事故之後視力又越來越衰退。變成幾乎接近盲目的地步。眞可憐，還那麼年輕漂亮呢。當然已經不能再從事電影工作了。只能在家裡安靜不動而已。就這樣一折騰，連完全信賴的女傭都跟男人捲款逃走了。從銀行的存款，股票到一切的一切全部拿光。眞是過分。你想結果她怎麼樣？」

「從事情的自然發展來看，總之沒有好結果吧？」

「是啊。」舅舅說。「她在浴缸裡放滿水，把臉栽進去自殺了。我想你也知道。要不是意志相當堅強是沒辦法那樣死的。」

「事情不太明朗啊。」

「完全不明朗。」舅舅說。「在那之後有一陣子，宮脇買了那塊地。環境很好，地勢高，日照也好，土地又寬，大家都很想要。不過他也聽過有關以前住在那裡的人一些黑暗的傳聞，所以總之把房子從基礎全部拆毀，全新改建過。也請人來驅邪過。但這樣好像還是不行的樣子。住在那裡不會有什麼好事噢。世上就是有這樣的土地。免費送我，我都不要呢。」

我在附近的超級市場買菜回來，把晚餐的事前準備做好。把洗曬的衣物收進來，疊好收進抽屜。到廚房去，泡咖啡喝。那是電話鈴一次也沒響的安靜一天。我躺在沙發看書。沒有任何人妨礙我看書。偶爾庭院裡發條鳥會啼叫。除此之外沒有任何像聲音的聲音。

四點左右，有人按了玄關的門鈴。是郵差。他說是掛號，於是交給我一個厚厚的信封。我在簽收紙上蓋了印章，收下信。

一封非常鄭重的和紙信封上用毛筆黑黑地寫著我的名字和住址。看看背面，寄件人的姓名是「間宮德太郎」。住址是廣島縣——郡。我對間宮德太郎這名字和那廣島縣和地址都完全沒有記憶。而從那毛筆的筆跡看來，間宮德太郎氏似乎也是相當年長的人。

我坐在沙發，用剪刀把信封剪開。信紙是老式的和紙拉頁，同樣用毛筆流暢地寫著。看來是頗有教養的人物相當體面的字跡，不過因爲我沒有那種教養，因此讀起來吃力極了。文體也相當古風而嚴謹。不過花時間試著去解讀時，則可以理解那上面寫的大概內容。根據他的信，我們以前經常去拜訪的占卜師本田先生已經在兩週前左右在目黑的自家住宅死亡。原因是心臟病發作。根據醫生的說法，並沒有很痛苦，可能是在短時間內就停止呼吸了。因爲是一個人獨居，所以應該可以說是不幸中的大幸，信上這樣說。早晨女傭來掃除時，發現他伏在暖爐桌上死掉了。間宮德太郎氏是戰爭時候駐留滿州的陸軍中尉，作戰中偶然和本田伍長成爲出生入死的夥伴。而這次，本田大石氏之死，依照故人的強烈遺志，由他代替遺族負責代送故人的紀念遺物。故人對紀念遺物的送法留下遺書，做了非常詳細的指示。「那想必是他本人已預期自己即將來臨的死亡，而詳細周密地寫下的遺書。且岡田亨先生如果能接受該紀念品則幸甚，遺書中故人如此交代。」信上寫道。「對岡田先生而言，拜察百忙之中有所打擾，但請汲取故人之遺志，如能接受此一懷念故人的微小紀念品，則以一位往昔短暫戰友而言，則此歡喜實爲無與倫比。」而且在信的最後寫著東京暫住的地址。文京區本鄉二丁目——號間宮某轉。大概是在親戚家暫住吧。

我到廚房桌上寫回信。打算在明信片上暫且把簡單要件先寫下來，但一拿起筆時，卻想不起什麼適當詞句。吾有緣受故人於生前照顧，想到本田先生已不在人世，胸中不禁憶起幾件往事。由於年齡相距懸殊，且僅來往一年，然已深感故人似擁有搖撼人心的某種力量。對我如此之不才，能指名留下紀念品，誠屬意料之外。且不知在下是否有資格接受這樣物品。但如爲故人的希望，當然理應敬謹拜受。敬請於方便的時候，與在下聯絡則甚幸。

我把那張明信片投入附近的郵筒。

破釜沈舟浮瀨灘，背水一戰諾門罕——我自言自語地說。

久美子回來已經是晚上將近十點了。她六點前打電話回來，說今天大概不能早回家，所以你先吃飯，我會在外面隨便吃，她說。沒關係。我說。於是一個人做了簡單的晚餐吃。那之後又看了書。久美子回來時說想喝一點啤酒，於是我們拿出一瓶中瓶的啤酒各倒了一半喝。她看來很累的樣子。她對著廚房的桌子支著下巴。我跟她說話她也沒回很多。好像在想什麼別的事似的。我把本田先生去世的事告訴她。哦？本田先生去世了啊，她嘆了一口氣說。不過已經上了年紀了嘛，耳朵都不太聽得見了，她說。不過我說他留給我紀念品時，她簡直像有什麼從天上掉下來似的吃驚。

「留給你紀念品嗎？那個人？」

「對。爲什麼會留給我什麼紀念品呢？我眞是不明白。」

久美子皺著眉頭想了一下。

「或許他喜歡你吧。」

「可是我和他，幾乎沒談過什麼像樣的話啊。」我說。「至少我是幾乎什麼也沒說。就算說什麼對方也聽不見幾句。每個月去一次，和妳兩個人一直安靜坐在他前面，拜聽他的話而已呀。而且多半都是諾門罕戰爭的話題。丟出火焰瓶之後哪一部戰車燃燒起來，但哪一部沒燒起來，都是那一類的事啊。」

「眞不明白。一定是他喜歡上你的哪一點吧？那個人所想的事，我實在不太瞭解。」

然後她又沈默下來。有點氣悶的沈默。我望一眼牆上掛的月曆。離生理期還有一段時間。也許公司發生了什麼討厭的事，我想像著。

「工作太忙了嗎？」我試著問。

「有一點。」久美子一面望著只喝一口就剩在那裡的啤酒玻璃杯一面說。她的口氣含有一點挑戰性音調。

「晚回來是不好。因爲是雜誌的工作，有忙碌的時期呀。不過這麼晚，並不是經常有吧？這也是我勉強爭取儘量少加班才有的。以結婚了爲理由。」

我點點頭。「因爲是工作，有時候難免會晚一點嘛。那沒關係。我只擔心妳是不是累了而已呀。」

她到浴室去沖了很久的淋浴。我一面啪啦啪啦翻閱著她買回來的週刊雜誌，一面喝啤酒。

忽然把手伸進長褲口袋，發現打工的錢還放在裡面。那錢我還放在信封裡原封未動。而且我沒向久美子提起那打工的事。並不是刻意要隱瞞，但沒有機會說，就那樣自然拖延下來了。而且隨著時間的過去，那件事情不可思議地變成很難說出口了。跟住在附近的一個奇怪的十六歲女孩認識，兩個人一起去打工幫假髮廠商做調查，報酬比預料的不錯噢，這樣說就了事了。久美子會說「哦，這樣啊，很好啊。」於是事情就結束也說不定。不過她也許想對笠原May多知道一點也說不定。也許對我和一個十六歲的女孩認識的事會在意也說不定。那麼一來也許我就不得不把笠原May是什麼樣的女孩，我是什麼時候在什麼地方如何認識她的這些事情，從頭到尾一五一十地向她說明。而我又不太擅長把事情依照順序向別人好好說明。

我只把錢從信封拿出來，放進皮夾，信封揉成一團丟進紙屑箱。人們就是這樣一點一點地製造所謂祕密這東西的啊，我想。我並不是刻意想把那件事對久美子保持祕密。本來就不是什麼重要的事，說或不說都可以的。不過那在因爲經過微妙的水道之後，不管最初的打算是怎麼樣，結果卻被蓋上所謂祕密這不透明的外衣了。加納克里特的事也一樣。我把加納馬爾他的妹妹到家裡來的事告訴妻子。妹妹的名字叫做加納克里特，裝扮得像一九六〇年代初的模樣噢，她到我們家裡來取自來水的水，我說。不過對於她在那之後突然莫名其妙地開始坦白她的身世，又在話說一半的中途什麼也沒說地忽然消失的事則沒說。因爲加納克里特的話實在太突然而奇怪了，要把那細微的語意再現出來，正確地向妻傳達，首先就不可能。說不定久美子對加納克里特辦完事情之後還長時間留在我們家，向我談起她私人的複雜身世會覺得不高興吧。於是那件事對我來說也變成一個小小的祕密了。

或許久美子，對我也抱有和這同樣的祕密吧，我想。不過如果是這樣的話，我也不能怪她。任何人都會有這種程度的祕密。不過或許，比起她來我有這種祕密的傾向，應該比較強吧。說起來久美子是屬於想到什麼就會說出口的那一型。一面說一面想的那一型。不過我卻不是。

我有點不安起來，走到洗手間去。洗手間的門是開著的。我站在門口，望著妻的背影。她已經換上藍色素面的睡衣，站在鏡子前面用毛巾擦著頭髮。

「嘿，關於我工作的事情啊。」我對妻說。「我想了很多。也試著請朋友幫忙留意。自己也試著接觸各方面。工作並不是沒有。所以如果想做的話，隨時都可以做噢。只要下決心的話，明天也可以開始工作。不過，總覺得心情還沒有準備好。我也不太明白。像那樣隨便決定工作是不是一件好事。」

「所以我上次不是也說過嗎？你想做什麼就做什麼啊。」她一面看著我映在鏡子裡的臉一面說。「又不是非要一定在今天或明天決定工作不可。如果你在意經濟上的事的話，那你可以不必擔心。不過如果你不工作精神上覺得不落實的話，如果我一個人出去工作而你在家做家事覺得有心理負擔的話，那就暫且先找一份什麼工作就行了啊。我是怎麼樣都可以喲。」

「當然遲早是一定要找工作才行的。這一點我絕對明白。總不能一輩子像這樣游手好閒地過下去呀。遲早總要找到工作。不過說眞的，要做什麼樣的工作，現在的我還不太清楚。辭掉工作不久的一段期間，我還輕鬆地想，只要再找什麼和法律有關的工作就行了。因爲如果是那方面的關係的話我還有一些。不過現在卻沒這種心情。離開法律的工作時間越久，越對法律這東西逐漸不感興趣了。覺得那不是適合我的工作。」

妻看看鏡子裡我的臉。

「不過話雖這麼說，如果要問說那麼想做什麼呢？我什麼也不想做。如果叫我做的話我也覺得大多的工作我也都可以做。不過就是沒有想要做這個的具體印象。這是對現在的我的問題。沒有印象啊。」

「嘿，那麼你當初爲什麼想學法律呢？」

「有一點那樣想啊。」我說。「我本來就喜歡讀書。所以對我來說其實上大學是想讀文學的。不過要決定升大學的時候這樣想。所謂文學這東西，怎麼說呢？應該是更自發性的東西吧。」

「自發性的？」

「也就是說，文學這東西並不是適合專門攻讀或研究的東西，而是極自然地從普通的人生中自然湧出來的東西吧。所以我選擇法律。當然對法律也確實是有興趣。」

「但是現在卻對法律失去興趣了嗎？」

我從手上拿著的玻璃杯喝了一口啤酒。「眞不可思議。在事務所上班的時候，工作還做得相當快樂。法律這東西就好像是有效率地收集資料，然後把拼圖玩具組合起來似的。那裡頭有戰略、有訣竅。所以認眞做時還相當快樂呢。不過一旦遠離那個世界之後，我已經無法再感覺到那裡面的任何魅力了。」

「嘿。」她放下毛巾，轉身向著我說。「如果討厭法律的話，就不要再做法律方面的工作好了。司法考試的事情最好也忘掉。既然沒有必要急著找工作，如果沒有印象，就等印象浮現了再說吧。這樣可以嗎？」

我點點頭。「我想事先跟妳說明，我是怎麼想的。」

「嗯。」她說。

我走到廚房，洗了玻璃杯。妻從洗手間走出來，坐在廚房的桌前。

「嘿，其實今天下午哥哥打電話來了。」她說。

「哦。」

「哥哥好像無論如何很想出來選舉的樣子。與其這麼說，不如說是幾乎已經決定的樣子。」

「選舉？」我吃了一驚地說。我眞的是，吃驚得一時出不了聲音。「所謂選舉，難道妳是說國會議員嗎？」

「是啊。下次的選舉據說要從新潟伯父的選區推出候選人。」

「可是從那個選區，不是已經決定要推伯父的一個兒子當後繼者出來選嗎？在電通廣告公司當導演還是什麼的妳堂兄不是要退休回新瀉嗎？」

她拿出棉花棒開始清潔耳朵。「本來是這樣預定好的，不過那位堂兄好像還是不願意。在東京他有家室，工作得也很愉快，到現在他說他不想回新潟去當議員。他太太強烈反對他出來選舉，也是主要原因。也就是說他們不願意犧牲家庭。」

久美子父親的長兄是從他們新潟選區選出來的衆議院議員，當了四期或五期。雖不能說是重量級，但擁有相當不錯的經歷，有一次擔任過不是很重要的大臣職務。但因爲高齡和心臟病的關係，要出馬下一次選舉有困難，於是必須有人承繼那個選區的地盤。那位伯父有兩個兒子，長男一開始就完全不打算當政治家，次男於是被看上。

「而且選區方面無論如何希望哥哥出來。他們希望年輕、頭腦靈光、又有幹勁人。希望現在開始能擔任幾任議員，在中央能變成實力者的人材。而且，哥哥知名度高，可以拉得到年輕人的票，眞是沒話說。反正他雖然在地方上不能威鎭一方，但因爲後援會很強所以那邊願意出力幫忙，如果要住在東京也沒關係。只要肯挺身出來選舉就好了。」

綿谷昇當上國會議員的樣子，我無法適當想像。「妳對這怎麼想？」

「他的事情跟我無關。要當國會議員或當太空人，只要他喜歡就好了。」

「那麼爲什麼特地找妳商量呢？」

「哪裡有。」她以乾乾的聲音說。「不是來找我商量的。那個人不可能找我商量吧。只是有這麼一件事來通知我而已。畢竟是家族的一份子啊。」

「哦。」我說。「不過有離婚的經驗，又是單身，當國會議員的候選人會不會成問題呢？」

「不知道啊。」久美子說。「我對政治啦選舉啦都不太清楚，也沒興趣。不過那姑且不管，那個人很可能不會再結婚了噢。跟誰都不會。本來就不應該結婚的。因爲他所追求的是別的東西喲。跟你或我所追求的完全不同的什麼。我不太知道那是什麼。」

「哦？」我說。

久美子把兩根棉花棒包在面紙裡，丟進垃圾箱。然後抬起臉一直注視著我。「以前，我曾經在無意間撞見哥哥正在自慰。我以爲沒有人在，打開門一看，哥哥就在那裡。」

「誰都會自慰呀。」我說。

「不是這樣啦。」她說。而且嘆了一口氣。「那是在姊姊死掉三年左右的時候。他是大學生，我是小學四年級吧，差不多是那時候。我母親不知道該把姊姊的衣服處理掉還是留著好還猶豫不決，結果留了下來。大概是想我長大了可以穿吧。於是放進紙箱，收在壁櫥裡。哥哥把那拉出來，一面聞著味道一面做那個。」

我沈默不語。

「我那時還小，對性什麼也不懂，所以哥哥在那裡做什麼，我其實無法正確理解。不過只能瞭解那是一件不可以看的複雜行爲。而且那是比表面看起來更深沈的行爲。」久美子這樣說完就安靜地搖搖頭。

「綿谷昇知道妳看見了嗎？」

「因爲我們眼睛對看了啊。」

我點點頭。

「那件衣服後來怎麼樣了？妳，長大後有沒有穿姊姊的衣服？」

「怎麼可能。」她說。

「他喜歡妳姊姊嗎？」

「不曉得。」久美子說。「雖然我不知道他對姊姊是不是有性方面的關心，不過我想其中一定有什麼，我想他也許無法脫離那個什麼吧。我說他不應該結婚，就是指這個。」

然後久美子長久之間沈默著。我也什麼都沒說。

「他在這層意義上，是抱有相當深刻的精神性困惑的噢。當然我們多多少少都抱有一些精神上的問題。不過那個人所抱有的精神上的問題，和你我所抱的東西是不同的東西喲。那是更深、更堅硬的。而且他的那種算傷痕也好弱點也好，不管怎麼樣都絕對不願意暴露在別人眼裡。我說的，你明白嗎？關於這次選舉也一樣，我有一點擔心。」

「擔心，妳指什麼？」

「不知道。有什麼噢。」她說。「不過我累了。不想再多想。今天就睡覺了吧。」

我到洗手間去一面刷牙，一面望著自己的臉。我辭掉工作後三個月來，幾乎都沒有出到外面的世界。只在附近的商店、區營游泳池和這個家之間來來往往而已。除了銀座的和光和品川的大飯店之外，我所去的離家最遠的地方就是車站前的洗衣店。在那之間，我幾乎和誰都沒見面。三個月之間我所「見過」的對象，說起來除了妻之外，只有加納馬爾他和克里特姐妹，和笠原May而已。那眞是個狹小的世界。而且幾乎是像停止了步伐似的世界。但我所包含的世界越像那樣變得小，越變成靜止的東西，我越覺得那個世界好像充滿了奇妙的事物和奇妙的人。好像他們一直隱藏在東西的陰影後面，一直等待著我停下腳步來似的。而每次當發條鳥飛到庭園來捲著那發條時，世界就越發加深那渾沌迷惑的程度。

我漱了口，然後又再看了一會兒自己的臉。

沒有印象，我對自己說。我三十歲，站定下來，然後就此不擁有印象。

從洗手間走到寢室時，久美子已經睡了。

11

間宮中尉的出現，從溫暖的泥土中來的，古龍香水

三天後間宮德太郎打電話來了。是早晨七點半，我和妻正在一起吃著早餐的時候。

「一大清早打電話來打攪，很抱歉。希望沒有吵到您休息。」間宮氏一副非常抱歉的樣子說。

早上經常都是六點多就起來了，所以沒問題，我說。

他說明信片收到了很感謝，希望在我出門工作之前能取得聯絡。並且說如果今天中午休息時間能夠和我見一下面的話則非常感激。因爲，可能的話他想在今天傍晚搭新幹線回到廣島。本來時間應該稍微充裕一些的，但因爲忽然有急事，不得不在今明天內回去。

我跟他說，現在自己沒有就業，一整天都有空，因此不管早上、中午、下午隨時都可以，只要他方便的時間就可以見面。

「不過不知道您有沒有其他的預定？」他非常有禮貌地問我。

沒有任何預定，我回答。

「如果是這樣的話，今天上午十點鐘，我到府上拜訪可以嗎？」

「很好。」

「那麼就那時候見面了。」說著他掛斷了電話。

電話掛斷之後，我想到我忘了向他說明，從車站到我家的路怎麼走。算了，我想。反正他知道地址，只要有心總是可以找得到這裡吧。

「是誰？」久美子問。

「送本田先生紀念品的人。說是今天中午以前，要特地送到家裡來。」

「哦。」她說。然後喝了咖啡、在土司上塗奶油。「相當親切的人啊。」

「一點都沒錯。」

「嘿，要不要去本田先生家上個香比較好呢。至少你一個人去也好。」

「說得也是。這件事我也問他一下。」我說。

出門前久美子走到我前面來說，幫她把洋裝的拉鍊拉上。是一件完全貼身的洋裝，拉拉鍊有一點費事。她耳朵後面氣味非常的香。一種十分適合夏天早晨的香氣。「是新的香水嗎？」我問。不過她沒有回答這問題。很快地看了一眼手錶，伸手理理頭髮。「我不走不行了。」她說，拿起桌上的手提包。

我整理著久美子工作用的四疊半房間，正在收集垃圾的時候，眼光被紙屑箱中丟掉的黃色絲帶所吸引。在寫壞的二百字原稿用紙，和ＤＭ印刷品的下面，那絲帶只露出一點點。我之所以會注意到那絲帶，是因爲那是非常鮮艷的黃色。是用在禮物包裝的那種絲帶。整理成一捲捲像花瓣似的。我把那從紙屑箱裡拿出來看。和絲帶一起還有松屋百貨公司的包裝紙也被丟在裡面。包裝紙下面有一個附有Christian Dior商標的盒子，打開盒子一看，有一個瓶子形的凹痕張開著。光看盒子，就可以推測裡面的內容是相當昂貴的東西。我拿著那盒子，到洗手間去，打開久美子的化妝品櫃看看。結果發現裡面有一瓶還幾乎沒有用的Christian Dior的香水瓶。那瓶子形狀和盒子的凹洞完全吻合。我把瓶子的金色蓋子打開聞聞看。那香氣和我剛才在久美子耳朵後面聞到的完全一樣。

我坐在沙發上，一面喝著早晨剩下的咖啡，一面試著整理頭腦。一定是有人送久美子香水。而且是相當高價的東西。在松屋百貨公司買了，再請人繫上禮物用的絲帶。如果那是男人送的禮物，那對象應該是和久美子擁有相當親密的關係了。如果不是關係很親的男人是不會送女性（尤其是已婚女性）香水的。如果那是女的朋友送的話……到底女人會不會送女的朋友香水呢？這點我不清楚。我所知道的只有，久美子在這段時期沒有任何特別的理由應該從別人得到什麼禮物。她的生日是五月。我們的結婚紀念日是五月。或者她自己買了香水，要人家繫上漂亮的包裝用絲帶也不一定。爲什麼呢？

我嘆一口氣望著天花板。

我是不是應該直接問久美子呢？那瓶香水是誰送的？於是她可能這樣回答。啊，那個啊，是我幫了一個一起工作的女同事一點私人上的忙。事情說來話長，總之她非常困擾，我就好意幫她一下。她爲了感謝我就送我那禮物啊。香味很棒吧。這是相當貴的噢。

OK，道理說得通。於是事情就過去了。那麼我爲什麼非要特地問她不可呢？爲什麼我非要介意不可呢？不過有什麼卡住我的頭腦。她要是把那香水的事跟我提一下也好啊。回到家來，走到自己房間，一個人解開絲帶，拆開包裝紙，打開盒子，把那些全部丟進紙屑箱，把瓶子放進洗手間的化妝品櫃，如果有這樣的時間的話，只要告訴我「今天，同事的一個女孩子送我這樣的禮物噢。」不就好了嗎？不過她卻沈默不語。也許是想沒有必要特地講吧？不過，如果是這樣的話，到了現在那畢竟已經披上一層名叫「祕密」的薄外衣了。我對這件事有點在意起來。

我長久之間恍惚地望著天花板。努力想要想點別的什麼，但不管想什麼，頭腦卻無法靈活轉動。我想起拉上洋裝拉鏈時久美子白皙光滑的背，和耳後根的香氣。好久沒這麼想抽煙了。我想含一根煙，在尖端點火，再把煙猛然吸進肺裡。那樣的話或許心情可以稍微鎮定下來吧，我想。不過卻沒有香煙。沒辦法只好拿檸檬水果糖來含。

九點五十分電話鈴響了。我想大概是間宮中尉吧。我住的地方是相當不好找的。連來過幾次的人都還會迷路。不過那並不是間宮中尉。從聽筒聽到的是上次打莫名其妙電話的謎一般的女人的聲音。

「你好，好久不見。」那個女人說。「怎麼樣，上次不錯吧？感覺到一點了嗎？不過為什麼中途掛斷了呢。才正要進入精采部分呢。」

我一瞬間錯覺以為她所說的，是加納克里特出現的那個夢遺的夢的事。不過那當然是另外一回事。她是說上次煮義大利麵時打電話的事。

「喂，對不起我現在正在忙。」我說。「再十分鐘就有客人要來，我必須做各種準備。」

「以失業中來說每天還是滿忙的嘛。」她以帶著諷刺的聲音說。和上次一樣。忽地聲音的質改變了。「煮煮義大利麵、等等客人。不過沒問題喲，只要有十分鐘就夠了。兩個人談十分鐘話吧，客人來了你就掛斷好了。」

我眞想就那樣默默把電話掛斷。不過卻辦不到，我因爲妻香水的事還有一些混亂。跟誰都好，想要說一點什麼。

「我不知道妳是誰。」我手拿起電話機旁邊的鉛筆，一面把那在手指之間旋轉著一面說。「我眞的認識妳嗎？」

「當然哪。我認識你呀，你也認識我。這種事情我是不會說謊的。我也沒那閒工夫打電話給完全不認識的人喏。你的記憶裡一定有什麼死角似的地方噢。」

「這我就不太淸楚了，也就是說——」

「嗨，這樣好嗎？」女人把我的話忽然打斷地說。「不要再胡思亂想了。你認識我，我也認識你。重要的是——嘿，我對你非常體貼喲。不過你什麼也不用做就行了。你不覺得這樣很棒嗎。你什麼都不用做就行了，你什麼責任也沒有，全部由我來幫你做。全部噢。怎麼樣，你不覺得這樣很棒嗎？不要再想很難的問題，只要變成一片空白就好了。就像在溫暖的春天下午躺在柔軟的泥土裡一樣。」

我沈默不語。

「像在睡覺一樣，像在做夢一樣，躺在泥土裡一樣……。把太太的事忘掉。失業的事將來的事也忘掉。一切的一切都忘掉吧。我們都是從溫暖的泥土中來的，有一天還要回到溫暖的泥土裡去喲。總而言之——岡田先生，你上一次和太太做愛是什麼時候還記得嗎？說不定已經很久了對嗎？對了，兩星期前對嗎？」

「抱歉，客人來了。」我說。

「嗯，其實是更久以前噢。從你聲音的感覺可以知道。嗨，三星期左右吧？」

我什麼也沒說。

「那都無所謂喲。」女人說。那聲音感覺簡直就像，用小掃把把百葉窗簾上堆積的灰塵沙沙地掃落似的。「那怎麼說都是你和你太太間的問題。不過你所要的東西我什麼都可以給你。而且你對那個不需要負任何責任就可以喲。岡田先生。只要轉一個彎，就有那樣的地方噢。在那裡有一個你沒看過的寬廣世界展開著呢。我說你有死角對嗎？你對這件事還不明白喲。」

我還握著聽筒一直沈默著。

「你看一看你的四周圍呀。」女人說。「然後告訴我。那裡有什麼？可以看見什麼？」

這時候玄關的門鈴響了。我鬆了一口氣，什麼也沒說地掛斷電話。

間宮中尉是一位頭禿得很漂亮的高個子老人，戴著金邊眼鏡。看來像是適度勞動肉體的人，皮膚淺黑色，血色相當好。也沒有多餘的贅肉。兩眼旁邊各刻入整齊的三根深深的皺紋，給人一種好像覺得太眩眼而把眼睛瞇細起來似的印象。年齡無法判斷，不過超過七十是可以確定吧。年輕時候一定是個相當頑強的人物。從姿勢之好，和沒有多餘的身段，可以看出來。舉止和言談極其客氣，但那裡頭有不虛飾的確實感存在。看來間宮中尉像是習慣於憑自己的力量判斷事情，自己一個人負責任的人物。他穿著沒有特徵的淺灰色西裝，白襯衫、繫著灰和黑色的條紋領帶。那看來禮儀端莊的西裝在七月悶熱的早晨穿來，質料似乎稍嫌厚了一些，但他並沒有一點流汗的樣子。而且左手是義手。他在那義手上，戴著和西裝同色的淺灰色薄手套。比起日曬過毛很深的右手背來，那被手套包著的手，顯得必要之上的冷而無機性。

我讓他在客廳的沙發上坐下，端出茶來。

他爲沒帶名片道歉。「我在廣島鄉下的縣立高中當社會科教員，已經退休了，之後什麼也沒做。因爲有一點田地，所以就半興趣地種一點簡單的農作物而已。就這樣，沒有用名片，眞失禮。」

我也一樣沒有名片。

「很抱歉，岡田先生您幾歲啊？」

「三十歲。」我說。

他點點頭。然後喝茶。三十歲給他什麼樣的感想我不太清楚。「不過您住的房子眞是非常寧靜啊。」他像要改變話題似的說。

我說這房子是以便宜租金向舅舅租來的。平常的話以我們的收入連這一半大的房子都住不起呢，我說。他一面點點頭一面暫時客氣地往四周看一圈。我也一樣地往四周看一圈。你看一看你的四周圍呀。女人的聲音說。我重新看一次之後，感覺到那裡面似乎飄著一股什麼陌生的空氣似的。

「我在東京已經住了兩星期。」間宮中尉說。「不過岡田先生這次紀念品分發，是最後一位了，這樣我也可以安心回去廣島了。」

「我想到本田先生府上去上個香不知道方便嗎？」

「你這心意很感謝，不過因爲本田先生的故鄉在北海道的旭川，墳墓也在那邊。這次他家人從旭川上京來到目黑的家裡把行李都全部整理好，已經搬走了。」

「原來如此。」我說。「那麼本田先生是離開家人一個人住在東京的啊？」

「是的。住在旭川的長男，不放心讓他老人家一個人住東京，外面聽聞也不好，好像請過他一起去住，但他本人說無論如何都不要。」

「他有孩子啊。」我有些吃驚地說。總覺得本田先生好像是天涯孤獨孑然一身似的。「那麼他太太已經過世了嗎？」

「這個倒有些複雜，本田先生的太太，其實在戰後不久就跟別的男人一起殉情自殺死了。那是昭和二十五年或二十六年的事吧。那一部分的詳細情形我也不清楚。本田先生沒有詳細談過，我也總不能一一向他打聽。」

我點點頭。

「本田先生後來以一個男人家的手把一個兒子一個女兒扶養長大。等兒女各自獨立之後，他就一個人到東京，正如您所知道的開始做占卜的工作。」

「在旭川做過什麼樣的工作呢？」

「和他哥哥一起共同經營印刷廠。」

我試著想像穿著工作服的本田先生，站在印刷機前，檢點著印出來的東西時的樣子。不過對我來說，本田先生還是穿著有點髒的和服，腰上綁著像是睡衣帶子似的東西，不分冬夏都坐在暖爐桌前，攪拌著籤竹的髒兮兮的老人。

間宮中尉於是把手上拿著的布包用單手很巧地解開，拿出像是小點心盒似的東西來。那是用牛皮紙捲起來，用繩子牢牢綁了幾圈的。他把那放在桌上，推向我的方向。

「這就是本田先生託我交給岡田先生的紀念品。」間宮中尉說。

我收了下來，拿在手上看看。那幾乎沒有重量。裡面到底放了什麼，眞是無法想像。

「現在在這裡打開好嗎？」

間宮中尉搖搖頭。「不，眞抱歉，請你一個人的時候再打開，故人的指示是這樣。」

我點點頭，把那包東西放回桌上。

「其實說起來。」間宮中尉開始說。「我接到本田先生的信，是在他眞正去世的一天前。那信上已經寫著自己不久即將死去。死這件事沒有什麼可怕。這是自己的天命。只有順從天命而已。但我還有沒做完的事。事實上自己家的壁櫥裡有這些、這些東西。這是我經常想著要留傳給各種人的東西。但我似乎無法做到。於是想借您的手，但願能依照我在別張紙上所寫的分配給他們當紀念。我非常知道這是十分厚臉皮的不情之請。不過可否把這當做我的末期心願，請費心幫我這個忙好嗎——這樣寫著。我吃了一驚——因爲我和本田先生已經六、七年音訊斷絕了，卻突然收到這樣一封信——於是立刻寫了一封信給本田先生。但那信剛寄出，就收到他兒子寄來本田先生已經去世的通知了。」

他手上拿起茶杯，喝了一口茶。

「他已經知道自己將要死了。一定是達到我們所無法達到的境地。正如您在明信片上所寫的一樣，他確實有讓人心動搖的東西。我在昭和十三年春天第一次遇到他的時候開始就有這種感覺。」

「間宮先生是在諾門罕戰爭中和本田先生同一個部隊嗎？」

「不。」間宮中尉這樣說然後輕輕咬著嘴唇。「不是這樣。我和他是屬於不同部隊，不同師團的。我們一起行動是在諾門罕戰爭的先鋒小規模作戰行動的時候。本田伍長在那之後在諾門罕戰役中負傷，被送回國內。我則沒有參加諾門罕戰役。我——」說到這裡間宮中尉舉起戴著手套的左手，「我失去這左手，是昭和二十年八月蘇聯軍侵略攻擊的時候。在對戰車戰的熱戰中肩膀被重機槍子彈打中，暫時失去知覺，又被蘇聯軍戰車的履帶壓碎。然後我被蘇聯軍俘虜，在赤塔的醫院接受治療，然後被送到西伯利亞的收容所，結果到昭和二十四年都被拘留在那裡。自從昭和十二年被送到滿州以來，總共在大陸停留十二年。在那之間從來沒有一次踏進國內的土地。親戚們都以為我已經在和蘇聯軍作戰中戰死了。故鄉的墓地裡有我的墳墓。在離開日本之前，雖然不太確定但已經有互相約定的女性，可是她已經和別的男人結婚。沒辦法。十二年實在是個漫長的歲月。」

我點點頭。

「岡田先生這麼年輕，跟您談這些從前的事一定很無聊吧？」他說。「不過我只想說一件事，那就是我們和您一樣，只是極普通的青年。我從來沒有一次想當軍人過。我是想當教員的。但大學畢業立刻就被召集，被半強制地當上幹部候補生，就那樣終於一直沒能回到國內。我的人生簡直像一場虛幻無常的夢一樣。」間宮中尉就那樣暫時閉上嘴。

「不知道能不能請您說一說您和本田先生互相認識那時候的事？」我試著說。我眞的很想知道。本田先生以前到底是什麼樣的人物。

間宮中尉雙手整齊地放在膝蓋上不動，想了一下什麼。並不是在猶豫該怎麼辦才好，只是在想著什麼。

「話可能變得很長噢。」

「沒問題。」我說。

「這件事從來沒有跟任何人提過。」他說。「本田先生應該也沒有跟別人提過。因為我們……決定只有這件事不向任何人說。不過本田先生已經去世了。剩下來的只有我一個人。說出來大概也不會給誰添麻煩了吧。」

於是間宮中尉開始說。

12 間宮中尉的長談1

「我到達滿州是在昭和十二年初的事。」間宮中尉開始說。「我以少尉身分到新京的關東軍參謀本部報到。我在大學裡主修的是地理，因此被編到以屬於專門製作地圖的兵要地誌班的部隊裡。對我來說眞是非常慶幸。因爲我被指定的勤務，說眞的，在軍隊的勤務裡算是屬於相當輕鬆的種類。

再加上，當時滿州國內的情況可以算是比較平穩的，或還算安定的。由於中日戰爭突然爆發，戰爭的舞台已經由滿州往中國國內移轉，和戰鬥有關的部隊也從關東軍改變爲支那派遣軍了。雖然反日游擊戰的掃蕩戰還在繼續著，但那也是比較偏遠地方的事，整體來說大致都已經克服了。關東軍將那強力的軍隊安置於滿州國，一方面睥睨著北方，一方面企圖維持剛獨立不久的滿州國的安定和治安。

雖說是平穩不過畢竟還是戰時，因此經常在演習。但我不必參加這些。這也很慶幸。在氣溫會降到零下四十度、五十度的極嚴寒的冬天裡舉行演習，雖說是演習，但如果搞不好很可能會丟掉性命。每舉行一次演習，就有數百名士兵得了凍傷，必須住院或送去溫泉治療。新京街上，雖然稱不上大都會那樣繁華，不過也是個充滿異國情調的有趣場所，想玩的話還滿有可玩的地方。我們新任的單身軍官們並不住在軍營，而是聚集在類似學生宿舍似的地方生活。那說起來倒像是學生生活的延長似的輕鬆。就這樣一連過了一些和平的日子，但願什麼事也沒發生，就這樣服完兵役該多好，我輕鬆地想著。

但當然那只不過是表面的和平而已。除了那一小圈日光照得到的地方之外，戰爭正熾烈地繼續進行著。和中國的戰爭大概會變成如同陷身於泥沼中無法自拔吧，我想大多的日本人都知道這點。只要是有正常頭腦的日本人，應該都知道。例如，就算在幾個局部地區戰勝了，但那樣大的國家，日本是不可能長期佔領統治的。這種事只要冷靜考慮的話就會知道。果然不出所料，戰爭一延長，戰死者和負傷者的人數逐漸增加。而且對美關係也像從斜坡道跌倒一樣地急速惡化。即使在內地，也知道戰爭的陰影一天比一天濃重。昭和十二、三年是那樣一個黑暗時代。但是在新京過著悠閒軍官生活時，說眞的，感覺哪裡有什麼戰爭呢。我們每天晚上喝酒，大家亂開玩笑，到有白俄女郎的咖啡店去玩。

但是有一天，昭和十三年四月底左右，我被叫到參謀本部去，和一個姓山本的穿平民服的男人見面。頭髮短短的、留著鬍髭的男人。個子不很高。年齡我想大概三十五歲左右。脖子上有一道被刀割過的疤痕。長官這樣說。山本先生是平民，接受軍方委託，幫我們做住在滿州國內的蒙古人生活習俗調查。這次要到呼倫貝爾草原的外蒙古國界地帶做調查。軍方打算派幾名警衛兵同行參加調查。你也是被指派中的一名。不過我不相信那話。山本這男人，雖然穿著平民服裝，但看起來怎麼都像是職業軍人。無論眼神也好、說話方式也好、姿勢也好，一看就知道。我猜是高級將校，而且很可能是情報關係方面的。也許他的任務性質，不能暴露是軍人身分。因此散發著某種類似不祥預感之類的東西。

和山本同行的士兵人數包含我在內一共三個人。以警衛角色來說人數未免太少了，但士兵人數一多，在國境附近展開活動容易吸引外蒙古軍隊的注意。但願可以說是少數精銳，但實際上並非如此。就以唯一的軍官我來說，就完全沒有實戰經驗。能夠算得上戰力的，只有濱野這位軍曹而已。濱野是屬於參謀本部的軍隊，我相當熟悉，也就是相當強壯善戰受過嚴格訓練的下士官。在中國也曾立過戰功。是個大個子，豪勇大膽，萬一有狀況是可以信賴的男人。但另外一位姓本田的伍長我就不知道爲什麼會被派加入了。本田和我一樣，是被從內地送來不久的，當然同樣沒有實戰經驗。猛一看是一位乖巧沈默的男人，一到戰鬥的時候大概也發生不了太大作用吧。而且他屬於第七師團。是參謀本部特地爲了這次使命從第七師團把他提調過來的。也就是說他是有這價值的軍人。至於那理由則是在很久之後才明白。

我之所以被選爲那警備兵的指揮軍官，是因爲我主要負責滿州國西部國境，哈爾哈河流域方面的地誌。充實這方面的地圖是我的主要工作。我曾經搭飛機在那一帶上空飛過。所以我一起去大概比較方便吧。此外另一方面，我被指派的任務是，在警衛之餘多方蒐集該地區更詳細的地誌情報，以便製作精密度更高的地圖。算是一舉兩得。我們那時候所帶的呼倫貝爾草原的外蒙古和國境地帶的地圖，說真的是非常粗糙的。只是清朝時代的地圖稍微加一點工的程度而已。關東軍自從滿州建國以來實施了幾次調查測量，想製作正確的地圖，但無論如何畢竟國土太大了。加上滿州西部是像沙漠一樣的荒野無止盡地延伸，因此國境線有等於沒有一樣。而且原來住在那裡的是蒙古遊牧民族。他們幾千年來都不需要國境線，那種概念本身就沒有。

加上政治情勢也使正確地圖的製作延遲了。因爲如果這邊隨自己的意思畫出一條國境線作成正式地圖的話，很可能會引起很大的紛爭。和滿州國交界的蘇聯和外蒙古，對於國境線的侵犯都非常神經質，過去就曾經好幾次爲境界線而展開激烈的戰鬥。那時候，陸軍並不歡迎和蘇聯爆發戰爭。因爲陸軍主力正投入中國戰爭中，沒有兵力餘裕可以撥出大批軍隊對蘇聯作戰。師團數目已經不足，戰車、重砲、航空飛機的數目也不足。而且對建國以來，時日尚淺的滿州國來說首先暫且安定國體才是先決條件。至於北部、西北部國境線的明確界定可以等以後再說，這是軍方的想法。總之計畫暫且維持不明確的狀況，以爭取一些時間。向來逞強好勝的關東軍大致上也尊重該見解，採取靜觀態度。因此一切便放任其繼續保持曖昧不明。

不過不管想法如何，萬一有什麼事故而引起戰爭時（實際上諾門罕戰爭就在那第二年發生），我們沒有地圖就沒辦法作戰。而且不是民間的地圖，必須是戰爭用的專門性地圖。什麼地方可以構築什麼樣的陣地，重砲放置什麼位置最有效，步兵部隊徒步到達該地要花幾天，飲水可以在什麼地方取得，馬匹糧草需要多少，戰爭必須要有加進這些詳細情報的地圖。如果沒有那樣的地圖而想打近代戰是不可能的。因此我們的工作和情報部的工作互相重疊的部分很多，和關東軍情報部及在海拉爾的特務機關頻繁進行情報交換。彼此的面孔也都大致認識。但山本這個人則是第一次見到。

準備了五天之後，我們就搭火車從新京往海拉爾。並從那裡搭卡車經過一個叫甘州廟的喇嘛教寺廟，到達哈爾哈河附近滿州國軍的國境監視所。正確數字已經記不得了，不過距離我想大約有三百到三百五十公里左右。放眼四顧眞的是一望無際什麼也沒有的空曠荒野。我基於職業上的習慣從卡車上一直對照著地圖和地形。但不管對不對照，上面都沒有任何一個東西是可以稱爲陸標的記號。只有亂蓬蓬雜草叢生的低矮丘陵不斷延伸，地平線無止無盡地延續下去，天上飄浮著白雲而已。在地圖上自己到底在哪裡，都無從正確知道。只能依照行進的時間來計算，推測大概在這一帶吧。

在那樣荒涼的風景中默默前進時，有時候會失去所謂自己這個人的整體感，而被一種逐漸解體下去的錯覺所侵襲。周圍的空間太大了，因此變得很難掌握所謂自己這存在的平衡感。您可以瞭解嗎？只有意識和風景一起逐漸膨脹、擴散下去，那變得無法和自己的肉體聯繫在一起。這是我在蒙古的原野正中央所感覺到的。我想這是個多麼廣大的地方啊。在我的感覺上那與其說是荒野，不如說是接近海似的東西。太陽由東方地平線升起，慢慢橫切過中空，然後沈入西邊的地平線。說起來在我們周圍眼睛所能看見的變化，只有這個而已。在那動作之中，可以感覺到某種可以稱爲巨大的、宇宙性的慈悲之類的感覺。

在滿州國軍的監視所，我們下了卡車換成騎馬。那裡除了我們騎的四匹馬之外，另外準備有屯積糧食、水和裝備的兩匹馬。我們的裝備是屬於比較輕的。我和叫做山本的男人只帶了手槍而已。濱野和本田則除了手槍之外還帶有三八式步槍。各帶兩個手榴彈。

指揮我們的，實質上是山本。他決定一切，對我們下達指示。因爲表面上他是民間的人，因此從軍方規則來說應該是我當指揮官來行動才對。但在山本的指揮之下誰也沒有夾雜任何疑問。因爲誰看起來他都是適合指揮的男人，我在階級上雖然是少尉。但實際上卻是沒有實戰經驗的事務人員而已。軍隊這東西就是能夠正確看穿這種實力的地方，大家自然會順從有力的人。而且加上出發前我的長官交代過要絕對尊重山本的指示。總之以超越法規的情況下，服從山本的命令。

我們走出哈爾哈河，從那裡沿河往南下。由於雪溶解河水量增加。河裡可以看見很大的魚。偶爾，也曾看過遠方有狼的影子。也許不是純種的狼，而是和野狗混血的品種。但不變的是都很危險。到了夜晚我們爲了保護馬不被狼偷襲而不得不站步哨。還可以看到不少鳥。其中似乎有許多是要回西伯利亞的候鳥。我和山本針對地勢做各種商量。我們一面以地圖確認著自己所經過的路途，一面把眼睛所見的詳細情報一一記入筆記裡。但除了這些專門性的情報交換之外，山本幾乎沒對我開過什麼口。他只默默策馬前進，一個人遠離我們進食，什麼也不說地睡覺。我所獲得的印象，是他並不是第一次到這附近來。他對那一帶的地形和方向，擁有令人吃驚的正確知識。

兩天之間無事地往南前進之後，山本把我叫去，說明天還沒亮就要越過哈爾哈河。我吃了一驚。爲什麼呢？因爲哈爾哈河對岸是外蒙古的領土。我們現在所在的哈爾哈河右岸確實也是危險的國界紛爭地帶。外蒙古主張那是自己的國家領土，滿州國主張那是滿州國的領土，經常引起武力衝突。但我們如果在那裡被外蒙軍逮捕的話，只要在右岸，這可以稱爲所謂兩國見解的不同，大體上還有話可說。而且現在這雪溶時期很少有從這裡渡河的外蒙軍部隊，因此事實上很少和他們遭遇的危險。但哈爾哈河左岸的話，就是另一回事了。那裡確實有外蒙軍的巡邏隊。如果我們在那裡被逮捕的話，可沒有藉口可說了。因爲是明顯的國境侵犯，因此搞不好會變成政治問題。即使當場被射殺也沒得抱怨。而且我並沒有接到長官說要越過國界的指示。只接到要服從山本指示的命令。但那是不是包含侵犯國界這樣重大的行爲呢？我無法立即決斷。第二點，這時期的哈爾哈河剛才也說過河水增漲很多，要渡河的話流水沖勢太猛。加上又是溶雪的水，一定冷得可怕極了。連遊牧民族都不太願意在這時期渡河。他們渡河大都在結冰期，或流水較少水溫也較高的夏季。

我這樣說時，山本注視著我的臉一會兒。然後點了幾次頭。『你擔心侵犯國界這我很瞭解』，他好像在說給我聽似的這樣說。『因爲你是帶兵的軍官，責任所在有話說是當然的。部下的生命無意義地暴露在危險境地不是你的本意。但這件事就交給我吧。關於這件事我會負一切責任。以我的立場不能告訴你很多事，不過這些話可以通到軍方的最高級。關於渡河不是技術上的問題。渡河有可以妥當隱藏的地點。外蒙軍確保了幾個這樣的點。

這件事你也知道吧。我以前就越過幾次。去年同一時期也從同一個地方進入外蒙古。你可以不用擔心。』

精通這一帶地理的外蒙軍，在這雪溶時期，雖然不多但確實送了一些戰鬥部隊進入哈爾哈河右岸。在哈爾哈河他們只要願意是有幾個可以供部隊爲單位渡河的地點存在。而且他們能夠在那裡渡河的話，這位叫山本的男人應該就可以渡河，我們也並不是不可能渡河。

那是一般認爲外蒙軍所建立的祕密渡河地點。被巧妙僞裝過，一眼看不出是渡河地點。淺灘和淺灘之間以木板橋渡過水中，避免被急流流走而穿有繩索。如果水位減少一些的話，顯然兵員輸送車和裝甲車、戰車都可以輕鬆渡過這裡。因爲是水中的橋，因此飛機從空中也難以偵察出所在地點。我們抓住那繩索橫切過河流。首先由山本單獨渡河，其次確定沒有外蒙的巡邏兵之後，我們再繼續渡河。水冷得腳都失去感覺了，但我們總算和馬都站上了哈爾哈河的左岸。左岸的土地比右岸高得多，可以遼望右岸寬闊的沙漠一望無際地延伸出去。這也是爲什麼在諾門罕戰爭時蘇聯軍始終佔盡優勢的原因之一。土地的高度差也會產生很大的大砲著彈精度差。姑且不論這個，我記得當時深深感覺河的這邊和河的那邊視野相當不同。被冰一般的河水泡濕的身體長久之間神經都痳痺著。一時之間甚至連聲音都出不來。但一想到自己完全在敵人的陣地上時，說眞的，緊張得連冷都忘掉了。

然後我們沿著河南下。哈爾哈河在我們左手的眼底，像蛇一樣曲折蜿蜒地流著。不久之後山本對我們說，大家最好把階級章拿下來比較好。我們依他說的做。我想如果被敵人逮捕的話明白階級可能不妙吧。同樣的理由我把軍官用的長統靴脫下改穿西式綁腿鞋。

渡過哈爾哈河那天傍晚，我們正在準備野營時一個男人走過來。男人是蒙古人。因爲蒙古人採用比一般高的馬鞍騎馬，因此從遠遠的就可以分出來。濱野軍曹發現他的身影之後就準備手槍，山本向濱野說『不要開槍』。濱野什麼也沒說地放下手槍。我們四個人安靜站在原地，等那個人騎著馬走近來。男人背上掛著蘇維埃製的小槍，腰上插著毛瑟槍。臉上滿是鬍子，戴著有護耳的帽子。男人雖然穿著像是遊牧民族常穿的髒衣服，但從舉止動作一看就知道是職業軍人。

男人下了馬，就對山本開口說話。我想那是蒙古話。我有某種程度多少瞭解一點俄語和中國話，但他說的都不是這兩種話。所以我想是蒙古話沒錯。山本也對男人說蒙古話。於是我更確信他是情報部的軍官。

『間宮中尉，我跟這個人一起出去。』山本說。『不知道要花多少時間，不過我希望你們在這裡待機。我想不用我說，不過你們還是要經常輪流站衛兵。如果三十六小時還沒回來的話，希望你們跟司令部報告情況。派一個人渡河回滿軍的監視所去。』明白了，我回答。山本騎上馬，和蒙古人兩人一起朝西奔去。

我們三個人準備野營，吃了簡單的晚飯。既不能煮飯，也不能燒火。除了低矮的沙丘之外，眼睛所及是一無遮蔽物的曠野，因此如果煙一升起一定立刻會被敵人逮捕。我們在沙丘後面張開低帳篷，躲起來啃乾麵包，吃冷肉罐頭。太陽一落入地平線，黑暗立刻覆蓋周圍，天空閃著無數的星星。混合著哈爾哈河轟轟的聲音，遠方聽得見狼號聲。我們躺在沙丘上，讓白天的疲勞休息靜養。

『少尉』濱野軍曹對我說。『我們好像陷入危險中了。』

『是啊。』我回答。

那時候我和濱野軍曹和本田伍長互相已經變得相當知心了。因為我是幾乎沒有軍歷的新任軍官，本來會被像濱野這樣戰爭經歷豐富的下士官所排斥或輕視的，但他和我之間並沒有這樣的情形。由於我是在大學受過專門教育的軍官，因此他對我抱有一種類似敬意的尊重。而我也不拘泥於階級，經常有心把他的實戰經驗和現實判斷力放在眼裡。加上他是山口縣出身的，而我是離山口縣境很近的廣島出身的，自然比較投緣談得來，容易產生親密感。他告訴我有關在中國的戰爭。他只有小學畢業，是天生當兵的料，但在中國大陸那不知何日終止的麻煩戰爭裡，他也頗抱懷疑。他把那種心情坦白說了出來。自己是當兵的，打戰當然沒關係，他說。為國家而死也沒關係。因為那是我的職業。但我們現在在這裡打的戰，怎麼想都不是正常的戰爭噢，少尉。那並不是有明確戰線，敵人從正面挑戰的正式戰爭。我們往前進，敵人幾乎不戰而逃。而敗走的中國兵脫掉軍服潛進老百姓裡面去。於是連我們都弄不清楚誰是敵人。所以我們聲稱捉匪賊，捉殘兵，而殺了許多無罪的人，掠奪糧食。戰線一直往前推進，補給卻追不上，因此我們只好掠奪。收容俘虜的地方也因為沒有糧食，而不得不殺掉俘虜。這是不對的。在南京一帶做了非常糟糕的事噢。我們的部隊也做了。把幾十個人丟進井裡，從上面投進幾顆手榴彈。還做了一些其他說不出口的事情。少尉，這個戰爭沒有任何大義可言。這只是互相殘殺而已。而被踐踏的，結果還是貧苦的農民。他們沒有什麼思想。沒有國民黨、張學良、八路軍、日本軍，什麼都沒有。只要有飯吃什麼都可以。因為我是貧苦漁夫的孩子，所以很瞭解貧窮百姓的心情。所謂庶民就是從早到晚努力勞動，雖然如此也只能賺到勉強糊口的程度而已，少尉。對這些人毫無意義地殺伐，說這是為了日本，我怎麼都不以為然。

和他比起來，本田伍長就不太談自己的事。他大致是個沈默的男人，經常不開口，只是側身傾聽我們談話而已。不過雖然沈默，卻並不陰鬱。只是不主動開口說話而已。確實因此使我覺得不知道這個人在想什麼，但他並沒有予人不快的感覺。在他那安靜之中，反而有令人心安的東西。可以說悠然自得不急不徐，即使發生什麼事情臉色也幾乎不會改變。他是旭川出身的，父親在那邊開一家小印刷廠。年齡比我小二歲，中學畢業之後就和哥哥一起幫忙父親工作。家裡只有男孩子三兄弟，他是最小的，大哥兩年前在中國戰死了。他喜歡讀書，一有自由時間，就躺下來讀佛教有關的書。

正如我說過的，本田沒有實戰經驗，只在內地接受過一年教育，但以軍隊來說，他依然是個優秀軍人。正如任何小隊裡一定有一兩個這樣的軍人一樣。他們很有耐性，從不抱怨，義務都一一認眞達成。有體力，靈敏銳。教他什麼一教立刻就會。而且可以正確地應用。他就是這樣的一個軍人。而且由於受過騎兵訓練，在我們之中最瞭解馬，我們的六匹馬都由他照顧。而且不是普通的照顧。他甚至讓我們覺得連馬的心情他都一清二楚完全明白。濱野軍曹也立刻認定本田伍長的能力，各種事情都安心地信任他。

因此緣故，雖說是臨時聚集起來的隊伍，但我想我們之間的意見溝通都很圓滑順利。由於不是正規的分隊，因此沒有中規中矩的嚴格規定。說起來，彼此有一種很投緣的袍澤之親……之類的輕鬆感。因此不管濱野軍曹或我，都不拘泥於下士官或軍官的階級框架，而能相當坦誠地敞開心無話不談。

『少尉你對那個山本怎麼想？』濱野問。

『大概是特務機關的吧。』我說。『能講蒙古話是相當不簡單的專家噢。而且對這附近的詳細情況都很瞭解。』

『我也這樣想。起初以爲是軍方長官收編的一旗特別編組的馬賊或大陸浪人，但好像又不是。如果是那些傢伙的話我也很清楚。他們不管有沒有的事都愛亂吹噓。而且立刻就想賣弄槍法什麼的。但山本這個人卻沒有這方面的輕薄。看來膽識非常大。有上級將校的氣味。我曾經無意間聽到這種事，聽說軍方這次要召集一些興安軍裡的蒙古人組成謀略部隊。因此召集了幾個謀略專門的日系軍官。也許和那有關係也不一定。』

本田伍長拿著小槍在稍離一點距離的地方監視著。我把白朗寧手槍放在隨時伸手可及的地上。濱野軍曹解開綁腿正在揉著腳。

『這只是我的猜測而已。』濱野繼續說。『說不定那個蒙古人是想和日本軍串通的反蘇派外蒙軍將官也不一定。』

『有可能。』我說。『不過對外還是閒話少說爲妙。說不定要砍頭的。』

『我也沒那麼傻。因爲在這裡我才說。』濱野一面嘻嘻地笑著一面這樣說。然後一本正經地恢復正色。『不過少尉。如果眞是這樣的話，我們眞的很危險喏。說不定會有戰爭噢。』

我點點頭。外蒙古雖說是獨立國，但可以說是被蘇聯壓制下的衛星國家。這一點就像滿州國是由日本軍掌握實權的一樣半斤八兩。不過據說其中也有反蘇聯派在暗中活躍。過去，反蘇聯派就曾經和滿州國的日本軍串通，幾次發起動亂。叛亂分子的核心是對蘇聯軍人的殘暴懷著反感的蒙古軍人，和反抗強制農業集中化的地主階級，和超越十萬人的喇嘛教僧侶們。那樣的反蘇聯派所能依賴的外部勢力，只有駐在滿州的日本軍而已。而且對他們來說，似乎與其和蘇聯人，不如和同樣是亞洲人的日本人比較有親切感。前年昭和十二年在首都烏蘭巴托，一個大規模叛亂計畫事跡敗露，而遭到大肅清。數以千計的軍人和喇嘛教僧侶，以與日本軍串通的反革命分子罪而被大量處刑，雖然如此，反蘇聯感情依然沒有消失，仍然隱藏在各種地方。因此就算日本的情報軍官越過哈爾哈河，悄悄和反蘇聯外蒙古軍官取得聯絡也絕不是一件奇怪的事。外蒙軍正在警戒這個而頻繁派出巡迴警備隊，雖然禁止進入滿州國與國境線的十公里乃至二十公里內的地區，但因爲是寬廣的國境地帶，監視的眼光沒辦法完全顧及。

不過就算他們的叛變成功，蘇聯軍也會即時介入，而鎮壓那反革命吧，這是可以預見的。而且一旦蘇聯軍介入，反叛軍可能會要求日本軍增援，於是關東軍就有軍事介入的大義名分了。取得外蒙古等於是在蘇聯經營的西伯利亞側腹部揷入一把刀一樣。雖然內地大本營說要踩刹車，但沒有比這更好的機會，像一團野心團塊般的關東軍參謀們是不會安靜放過這機會的。那麼一來，將不是什麼國境紛爭而可能演變成正式的日俄戰爭了。一旦滿蘇國境爆發正式的日俄戰爭，希特勒可能也會和那呼應而進軍波蘭或捷克。濱野軍曹想說的是這樣的事。

天亮之後山本還是沒有回來。輪到最後一個站衛兵的是我。我借了濱野軍曹的小槍，坐在稍微高起的小沙丘上，一直眺望著東邊的天空。蒙古的黎明眞是壯觀。在一瞬之間地平線呈一條微明的線從黑暗中浮起，然後忽然往上方拉起。看起來簡直像從空中伸出一隻大手，從地面慢慢把夜幕拉掉似的。那眞是雄壯的風景。那雄壯就像剛才我也說過的那樣，是遠遠超越所謂我這個人的意識領域的那種雄壯。看著看著時，甚至覺得自己的生命好像要逐漸變薄而消失了似的。那裡面絲毫都不含有所謂人的營生這種細微的事物。從沒有一件被稱為所謂生命之類的東西存在的太古開始，和這同樣的現象已經運行幾億或幾十億次了。我忘記了守衛的事，呆呆地眺望著那黎明的光景。

太陽完全昇上地平線之後，我點上香煙，喝了水筒的水，再小便。然後想想日本。我腦子裡浮現五月初故鄉的風景。想起花的氣味，河川的潺潺聲，天空的雲。想起老朋友和家裡人。並想起膨膨的甜柏餅。雖然我不是特別喜歡甜的東西，但只有那時候，覺得想吃柏餅想得要命。如果這裡有柏餅可以吃的話，即使要付半年的薪水我也願意。想起日本時，我覺得好像自己被遺棄在世界盡頭似的。為什麼在這雜草叢生除了臭蟲之外什麼也沒有的廣大土地，幾乎既沒有軍事上也沒有產業上價值的不毛土地，還非要拚著死命去爭不可呢？我實在無法理解。如果是保衛故鄉的土地，我即使送了命也要戰。但爲了這不長任何穀物的荒涼土地，而捨棄唯一的生命則眞是愚蠢。

山本回來是在第二天的黎明時分。那天早晨還是由我站最後的衛兵。我那時候正在恍惚地望著河，但從背後傳來像是馬嘶似的聲音，我急忙回過頭。但什麼也沒看見。我安靜不動地一直朝向聽得見馬嘶聲的方向準備著手槍。我呑一口唾液，就發出咯一聲巨響。那是令自己都大吃一驚的巨大聲音。扣在板機上的手指不停地抖顫。到目前爲止我還從來沒有一次向人開過槍。

但幾秒鐘之後，搖搖晃晃地越過沙丘而來的是，騎在馬上的山本身影。我的手指依然按在手槍的板機上回頭四顧周圍一圈，但除了山本之外，看不見其他人影。既沒見到來迎接他的蒙古人的影子，也沒見到敵兵的影子。只有白色的大月亮像不祥的巨石一般浮在東方的天空。他的左腕好像受傷了。綁在手腕上的手帕染上一片鮮紅的血，我把本田伍長叫起來，讓他照顧山本騎的馬。似乎是奔馳了很長一段距離，馬喘著粗氣，流著大量的汗。濱野代替我站衛兵，我拿出醫藥箱爲山本治療手腕的傷。

『子彈拔出來了，流血也止住了。』山本說道。確實子彈以巧妙的情況漂亮地貫穿了。只有那部分的肉被挖出來。我把代替繃帶的手帕拿掉，傷口用酒精消毒，捲上新的繃帶。在那之間他的臉都沒皺一下。只有上唇一帶微微浮現汗滴而已。他以水筒的水潤潤喉之後，點起一根香煙，把那煙好像很美味似地吸進肺的深處。然後拿出白朗寧手槍夾在腋下，把彈夾拔出來用單手靈巧地裝上三發子彈。『間宮中尉，我們立刻從這裡撤退。渡過哈爾哈河回滿軍的監視所。』

我們幾乎都沒開口地急忙拔營撤退，騎上馬奔向渡河地點。到底在什麼地方發生了什麼事？被誰開槍射擊的？我什麼都沒問山本。我沒有立場向他質問這些，就算有資格問，他大概也不會回答吧。不管怎麼說那時候我腦子裡想的，總之只有早一刻離開這敵人的陣地，渡過哈爾哈河到達比較安全的右岸而已。

我們只是默默在草原上騎馬前進。雖然依然沒有人開口說話，但顯然大家腦子裡想的是同一件事。到底能不能平安無事地渡過河呢？這件事而已。如果外蒙軍的巡邏隊比我們先到達那座橋時，我們就萬事休矣。我們實在沒有什麼勝算。我記得腋下一直不停地滲著汗水。那汗一直都不乾。『間宮中尉，你有沒有被槍射中過？』山本在長久沈默之後，從馬上問我。

沒有，我回答。

『有沒有射過誰？』

沒有，我重複著同樣的回答。

我那樣的答案給他什麼樣的感想，我不知道。或者到底基於什麼目的問我這樣的問題，我也不知道。

『事實上我身上帶著一件必須送回軍司令部的文件。』他說。並把手放在馬鞍上附的置物袋上。『如果沒辦法送到的話，這必須斷然處分掉。燒掉也好，埋掉也好，但無論如何都不可以落入敵人手中。不管發生什麼。這是最優先事項。這件事要請你預先瞭解。這是非常非常重要的事。』

『我知道了。』我說。

山本一直注視著我的眼睛。『如果事態陷入不妙的狀態的話，首先把我射死。不要猶豫地射死。』他說。『如果我能自己射就自己射了。但我的手腕受傷，依情況也許無法自決。那時候請你幫我射擊。而且射擊的時候，一定要殺死。』

我默默點頭。

我們在黃昏之前到達渡河地點時，證明我在路上所抱的危機念頭並不是沒有根據的。外蒙軍已經在那裡展開一個小部隊。我和山本登上小高沙丘，交替地用望遠鏡頭探視。軍隊的人數全部有八個人，雖然不是很多，但以國境巡邏隊來說是相當的重裝備。有一個人帶著輕機關槍。其次在稍高的地方盤踞著一挺重機關槍。重機關槍周圍堆積著砂袋。機關槍朝向河面，目的十分明顯。他們為了不讓我們渡河到對岸，而守在那裡。他們在河邊張開天羅地網，打了樁繫著十頭左右的馬。直到捉到我們為止，他們打算在那裡按兵不動。

『渡河地點除了這裡沒有其他地方嗎？』我試著問。

山本眼睛離開望遠鏡，看看我的臉搖搖頭。『有是有，但太遠了。從這裡騎馬要花兩整天，我們沒有那麼充裕的時間。所以雖然勉強也只好從這裡渡河。』

『那麼，是要趁夜晚悄悄渡河嗎？』

『是啊。沒有其他辦法。馬留在這邊。只要解決步哨衛兵，其他士兵大概都在沈睡吧。河的流水聲可以把大多的聲音掩蓋掉，所以不用擔心。步哨由我來解決。在那之前沒有什麼可做，所以趁現在好好睡一下休養一下體力比較好。』

我們決定渡河作戰的時刻定在午前三時。本田伍長把馬背上堆的行李全部卸下，把馬帶到遠方去放掉。多餘的彈藥和糧食挖了深穴埋掉。我們身上帶的只有水筒和一天份的糧食、手槍和少量的彈藥而已。如果被擁有壓倒性火力優勢的外蒙軍逮捕的話，不管我們有多少彈藥，都沒有勝算。然後我們決定在時間來臨之前睡一點覺。如果能順利渡河的話，接下來應該有一段時間沒有可能睡覺。要睡只能趁現在睡。最初由本田伍長站衛兵，其次換濱野軍曹。

在帳篷裡一躺下來，山本立刻開始睡著了。到目前爲止他似乎一直都沒睡的樣子。他那收藏重要文件的皮包放在枕頭邊。終於濱野也開始睡了。我們都很疲勞。但我因爲緊張而長久無法入睡。明明想睡得要命，爲什麼卻睡不著。一想像到要殺死外蒙軍的步哨衛兵，而後面重機關槍正冒火射擊著正在渡河的我們時，神經便逐漸高亢起來。手掌直冒冷汗，太陽穴疼痛不止。萬一出事時，自己是不是能夠採取身爲軍官不至於羞恥的行動呢，我沒有自信。我走出帳篷，走到正在站步哨的本田伍長旁邊，在他身邊坐下。

『本田哪，我們也許會死在這裡吧？』我說。

『是啊。』本田回答。

我們沈默了一會兒。但我對他的那個『是啊』的回答裡所含的什麼意思有點不滿。好像裡面含有某種猶豫的意味似的。我不是感覺很靈的人。但多少明白他隱藏了什麼使得回答曖昧不明。我試著問個清楚。如果有什麼話就不用客氣地說出來吧。因爲這也許是最後的機會了。肚子裡藏有什麼話就清楚說出來怎麼樣？我說。

本田嘴唇閉得緊緊的。用手指撫摸著腳邊的沙地一會兒。看來他心中有什麼糾葛在一起的樣子。『少尉』過了一會兒之後他才說。他一直注視著我的臉。『少尉在我們四個裡面是最長壽的，你會在日本死掉。比你自己預想的還要長壽得多。』

這次換我一直注視他的臉。

『爲什麼你會知道這種事呢？少尉一定會有這疑問吧。不過這我自己也無法說明。我自己只是知道而已。』

『那是，像靈感一樣的東西嗎？』

『也許是也不一定。不過靈感這字眼和我自己的心情並不吻合。不是這麼誇張的事。就像剛才我也說過的，自己只是知道而已。只有這樣。』

『你有這種傾向嗎？從以前開始就這樣？』

『有。』他以明確的聲音說。『但自從懂事以後，我一直向別人隱藏這件事。這次是因爲關係生死，而且是對少尉，我才說出來。』

『那麼其他的人怎麼樣呢？這你也知道嗎？』

他搖搖頭。『有的知道，有的不知道。不過我想少尉還是不要知道比較好。對於大學畢業的少尉您，像我這樣的人，這樣了不起似地說也許有些僭越也不一定，不過人的命運這東西是在過去以後回頭看的。不是走在前面看的。我自己多少有點習慣了。但少尉您並不習慣。』

『不過總之我不會死在這裡嗎？』

他提起腳邊的一把沙從手指縫之間沙拉沙拉地漏掉。『只有這點我可以說。少尉您不會在這中國大陸死掉。』

我還想談更多，但本田伍長只說完這個之後就閉口不說了。似乎進入自己的思索或瞑想之中的樣子。我握著手槍一直注視著曠野。除此之外我說什麼，都似乎進入不了他的耳朵了。

我走回低低張在沙丘後面的帳篷，在濱野身旁躺下，閉起眼睛。這次睡意來襲。那簡直就像腳被扯著往深海裡拉一樣深沈的睡眠。」

13

間宮中尉的長談2

「把我驚醒的是來福槍去除安全裝置，咔啊一聲的金屬聲。在戰場的士兵，不管多麼沈睡，都不可能聽漏那聲音。那怎麼說，都是一種特別的聲音。就像死本身一樣沈重，冰冷。我幾乎是反射性地、伸手要拿放在枕邊的白朗寧手槍，但有人用靴底在我的太陽穴踢了一腳，那衝擊使我瞬間什麼也看不見。調整過呼吸之後，我眼睛略爲張開，看見好像踢我的人彎身撿起我的白朗寧手槍。我慢慢抬起頭時，兩支來福槍的槍口正對著我的頭。那槍口的盡頭則看得見蒙古兵的身影。

我睡著的時候應該還在帳篷裡的，但不知道什麼時候帳篷已被拆除，頭上閃著滿天的星光。其他蒙古兵則用輕機槍對著山本的頭。山本大概認爲抵抗也沒用吧，簡直就像在節約能源似的模樣，安靜躺在那裡。蒙古兵都穿著長外套，戴著戰鬥用的鋼盔。兩個士兵手上拿著大型手電筒，照著我和山本的身上。剛開始，我還不太明白到底發生了什麼事。我想是因爲實在睡得太深了，而且所受的衝擊實在太大了。但看見蒙古兵的樣子，看著山本的臉之間，我也終於瞭解事態是怎麼回事了。我們在渡河之前，被他們先發現我們的帳篷了。

其次我腦子裡浮現的是本田和濱野怎麼了，我慢慢轉動著頭巡視著周圍，但都沒看到他們兩個人的影子。

他們是不是已經被蒙古兵殺死了？或者想辦法逃走了呢？我不知道。

他們似乎是那些剛才發現在渡河地點的巡邏隊的士兵。人數沒有那麼多。裝備只有一部輕機槍和其他的小槍。擔任指揮的是一個大個子下士官，只有他穿著正式的長統靴。就是最初踢我頭的男人。他彎下身拿起山本枕邊的皮包，打開來看看裡面。又把那倒過來啪噠啪噠搖晃著。但掉在地上的只有一包香煙而已。我吃了一驚。因為，我確實看見山本把文件放進那皮包裡去的。他從附在馬鞍上的袋子裡拿出文件，把它收進手提皮包裡，放在枕頭邊的。山本雖然也想裝出平常那若無其事的樣子，但那表情在一瞬之間好像即將崩潰的樣子我並沒有看漏。那文件不知道什麼時候，如何消失了，他似乎也完全不知道的樣子。但不管怎麼說，那對他都應該是值得慶幸的。因為，正如他自己對我說的那樣，那文件不要交到敵人手上，是對我們來說最優先的事項啊。

士兵們把我們的行李全部翻倒，仔細檢查每個角落。但沒有找到任何重要東西。其次他們把我們穿的衣服全部脫掉，檢查每一個口袋。他們用刺刀穿破衣服和背囊。但任何地方都找不到文件。他們把我們帶的香煙、筆、皮夾、筆記、手錶拿走，放進自己的口袋裡。把我們的靴子輪流試穿，合尺寸的人就把它當做自己的東西。關於誰要拿什麼，在士兵之間引起激烈的爭吵，但下士官則裝成不知道的樣子，大概在蒙古從俘虜或敵方的戰死者身上取得所有物當成自己的東西，是理所當然的吧。下士官自己也拿了一隻山本的手錶，其他的就任由士兵們去爭。除此之外的軍用品、也就是我們的手槍、彈藥、地圖、磁石、望遠鏡之類的東西，就一起裝進一個布袋裡。這些大概是要送到烏蘭巴托的司令部去吧。

然後他們用又細又堅牢的繩子把我們緊緊綁住。一靠近時蒙古兵身上就發出好像長久沒有清掃的家畜畜舍似的氣味。軍服是極粗糙的東西，沾滿泥土灰塵和食物的污點髒得灰撲撲的。連原來是什麼顏色的都幾乎辨認不出來。靴子是破破爛爛開了幾個洞的，好像立刻就要散開了似的。難怪他們想要我們的靴子。他們大多面貌粗野，牙齒髒汚，鬍鬚留得長長的。他們猛一看與其說是軍隊，不如說是像馬賊、盜匪一樣，但從他們所持有的蘇聯製的武器、附有星號的階級章，則顯示他們是正規蒙古人民共和國的軍隊。其實從我們眼裡看來，他們的戰鬥集團的秩序和士氣並不怎麼高。蒙古人是很有耐性而堅強的軍人。但並不適合集團作戰的近代戰爭。

夜晚冷得像快要結冰似的，黑暗裡看著他們呼出一團白色又消失掉的氣息時，覺得自己好像被編進什麼錯誤的惡夢裡的一部分似的。我無法確切感受到那是現實發生的事。那確實是個惡夢。不過，當然那是在後來才明白的，一個巨大惡夢的小開端而已。

不久一個士兵從黑暗中拖著一個沈重的什麼過來。然後嘻皮笑臉地笑一笑之後，把那噗通丟到我們旁邊。那是濱野的屍體。濱野的靴子大概已經被什麼人拿走了，赤裸著腳。然後他們把濱野的屍體也脫光。把口袋裡的東西全部檢查過。把手錶、皮夾和香煙拿走。他們大家一起分著香煙，一面吹著煙一面檢查皮夾裡的內容。皮夾裡放有幾張滿州國的紙幣，還有像是他母親的女人照片。擔任指揮的下士官說了什麼，把紙幣拿走。母親的照片丟在地上。

濱野大概是在站衛兵的時候，被從後面悄悄接近的蒙古兵用刀子割破喉嚨的樣子。我們想做的事，他們卻先做了。從洞然張開的裂口，流出鮮紅的血來。但血似乎也已經流盡的樣子，從裂口大張的傷口，流出來的血量不是很多。一個士兵從掛在腰上的刀鞘拔出刃大約十五公分長的彎曲刀子，亮給我看。我第一次看到形狀那樣古怪的刀子。好像是用在什麼特殊用途的刀子似的。那個士兵用那做出切割喉嚨的手勢發出『咻』一聲。幾個士兵笑了。那刀子似乎不是軍方的配給品，而是他私有的東西。因爲，大家腰上都插著長槍的尖刀，只有他一個人揷著那彎曲的刀子。看來就是他用那刀子割裂濱野喉嚨的。他俐落地把那刀子在手上團團耍了一陣之後，再收回刀鞘裡。

山本什麼也沒說，只以眼睛動一下往我的方向瞄一眼。雖然那只是極短的一瞬間而已，但我立刻瞭解他要說什麼了。『本田是不是順利逃走了』他的眼睛向我這樣說。而在那混亂和恐怖之中，其實我也和他想著同樣的事。『本田伍長到底去那裡了』。如果他能順利逃過外蒙軍的襲擊的話，我們就或許還有機會也不一定。那或許只是個靠不住的機會。一想到本田一個人能做什麼時，心情就不得不變得暗淡下來。不過機會總是個機會。比什麼都沒有好一些。

我們依然被綁著，一直到天亮爲止都被迫躺在沙上。扛著輕機槍的士兵，和拿著手槍的士兵留下來看守我們，其他士兵似乎因爲捉到我們而放下心來，在稍微離有一點距離的地方聚在一起吞煙吐霧，聊著天，笑著。我和山本沒有開口說一句話。雖說是五月了，但黎明前的溫度降低到零下。因爲我們被剝光衣服，因此覺得好像就要那樣凍死掉了。但那寒冷，和我那時候所感覺到的恐怖比起來似乎還不怎麼樣。我們現在開始會遭遇什麼樣的情況呢？我實在無法想像。因爲他們只是單純的巡邏隊而已，因此應該無法判斷如何處置我們吧。只有等待上面的命令。所以我們大概暫時還不會被殺。但接下來的情形，就完全無法預測了。山本很可能是間諜，而我和他一起被捕，當然就變成他的協力者。不管怎麼樣，事情都不會簡單解決。

天亮後不久，天上聽得見像是飛機的轟轟聲。然後終於有一架銀色的機身進入視野。是附有外蒙標幟的蘇聯製偵察機。偵察機在我們頭上迴旋了幾次。士兵們都在揮著手。飛機的機翼上下了幾次，朝我們送出記號。然後飛機在附近一個開闊的場所揚起沙塵著陸了。這一帶地盤既硬，又沒有障礙物，即使沒有滑行的跑道，也可以相當輕鬆地著陸和起飛。或許他們曾經在同一個場所當作飛機場用過很多次也不一定。一個士兵跨上馬背，帶著兩匹預備的馬往那邊跑去。

士兵讓兩位看來像是高級軍官似的男人騎著馬回來了。一個是俄國人，另一個是蒙古人。我推測巡邏隊的下士官大概以無線電向司令部傳達逮捕到我們的事，兩個軍官爲了詢問我們而從烏蘭巴托地趕來。大概是情報部的將校軍官吧。去年反政府派的大量逮捕、大肅清時，據說在背後操縱的就是GPU。

兩位軍官都穿著清潔的軍服，鬍髭刮得很乾淨。俄國人穿著附有腰帶的短外套。從外套下露出的長統靴閃閃發亮，沒有一絲灰塵。以俄國人來說個子不算高，瘦瘦的。年齡大約在三十出頭左右。額頭寬闊，鼻子細長，皮膚接近淺粉紅色，戴著金屬邊的眼鏡。以整體來說，是談不上印象的無印象的臉，外蒙軍的軍官，和俄國人相反，是個結實而肌膚黑黑的小個子男人，站在他旁邊，看來好像是一隻小熊似的。

蒙古軍官叫下士官過去，他們三個在離大家有一段距離的地方站著，談一些什麼。我推測大概在接受詳細報告。下士官把裝有從我們身上搜走東西的布袋拿出來，把那內容給他們看。俄國人仔細檢查過每一件東西，但終於又把全部放回布袋裡。俄國人對蒙古軍官說了什麼，軍官對下士官說了什麼。然後俄國人從胸部口袋拿出香煙，敬外蒙軍官和下士官。於是三個人一面抽煙一面互相談著話。俄國人一面用右手拳頭在左手掌敲了幾次，一面對兩個人說著什麼。他好像有點急躁生氣的樣子。蒙古軍官臉色難看地交抱著手腕，下士官搖了幾次頭。

軍官終於慢慢走到我們這邊來。然後站在我和山本前面。『要不要抽煙？』他對我們開口說俄國話。我因爲在大學裡學過俄語，因此正如剛才說過的俄語大多的會話還可以理解。但因爲不想被捲進麻煩裡，因此裝成完全聽不懂的樣子。『謝謝。但不用。』山本以俄語回答。相當熟練的俄語。

『很好。』蘇聯軍官說。『會講俄語就好辦了。』

他脫下手套，把那放進大衣口袋。可以看見左手無名指上戴著一個小金戒指。『我想你也很清楚，我們正在找一樣東西，而且是認眞在找。我們也知道你擁有那東西。至於爲什麼知道你不用問。我們就是知道。不過你現在身上並沒有帶著那東西。那麼，從理論上來思考，在被捕之前你已經把那個藏起來了。還沒有送到那邊——』說著他指著哈爾哈河的方向。『還沒有人渡過哈爾哈河。書簡應該還藏在河這邊。我說的話聽得懂嗎？』

山本點點頭。『你說的話我可以聽懂。不過關於你所說的書簡，我們什麼也不知道。』

『很好。』那個俄國人面無表情地說。『那麼我問你一個小問題。你們在這邊到底在做什麼？這邊你們也很清楚，是蒙古人民共和國的領土。你們在別人的土地上是以什麼目的進來的？我想聽聽那理由。』

我們是在製作地圖的，山本說明著。我是在地圖公司上班的民間百姓，在這裡的人和被殺的人，是擔任我的護衛陪我來的。我們知道河這邊是你們的領土，而且越過國境我們覺得很抱歉。但我們並沒有要侵犯領土的意思。對我們來說，只是想從這邊河岸的高台地上看看地形而已。

俄國軍官一副不太有趣似地，歪曲著薄嘴唇笑笑。『覺得抱歉』他慢慢反覆著山本的用語。『原來如此，想從高台地看地形啊。原來如此。爬上高一點的地方可以看得比較遠。很有道理。』

暫時有一段時間，他什麼也沒說，只沈默地眺望著天空的雲。然後視線回到山本身上，慢慢地搖頭嘆氣。

『我想如果你的話能相信的話不知道有多好。拍拍你的肩膀『我懂了。好吧，渡過河去，回到那邊去吧。下一次多注意一下啊。』如果能這樣說的話，不知道該有多好啊。我不騙你。我眞的這樣想。但是很遺憾，我不能這樣做。因爲我非常知道你是誰。也非常知道你在這裡做什麼。我們在海拉爾也有幾個朋友。就像你們在烏蘭巴托有幾個朋友一樣。』

俄國人把手套從口袋裡拿出來，重新疊好，又再放進口袋。『說眞的，我個人並不特別對讓你們吃苦，或殺你們感到興趣。只要能夠把書簡交出來，你們就沒有別的事了。依我的裁判，你們可以當場立刻被釋放。就這樣渡過河回到那邊去。這點我以名譽保證。以後的事情，是我們國內的問題，和你們沒有關係。』

從東方射來的太陽光，好不容易開始溫暖我們的肌膚。沒有風，天空飄浮著幾塊白色堅硬的雲。漫長的沈默繼續著。沒有人開口說一句話。俄國軍官、蒙古軍官、巡邏隊的士兵、山本，每個人都沈默不語。山本被捕之後似乎已經覺悟一死了，那臉上完全沒露出任何可以稱爲表情的東西。

『或許你們兩個都要在這裡死。』俄國人一面一個字一個字分開來說，一面像說給小孩子聽似地慢慢說。『而且是相當慘的死法。他們——』俄國人說著，看看蒙古兵那邊。捧著輕機槍的大個子士兵看看我的臉，露出髒污的牙齒嘻笑一下。『他們最喜歡講究麻煩的殺法。要說淸楚一點的話，也就是他們是那種殺法的專家。從成吉思汗的時代開始，蒙古人就一直非常樂於極殘酷暴虐的殺法，也精通那種方法。我們俄國人，雖然討厭但知道得非常淸楚。在學校歷史課上學過噢。蒙古人過去在俄國做過什麼。他們入侵俄國的時候，殺了幾百萬人。幾乎沒有任何意義地殺。在基輔被俘虜的俄國貴族幾百人被一次殺死的事你們知道吧。他們製作一個很大的厚板子，把貴族排列鋪在那下面，大家則在那板子上大張慶祝宴席，用那重量把他們壓潰殺死。那樣的事情普通人是不太想像得到的。你們不覺得嗎？既花時間，準備也不容易。不是只有添麻煩嗎？不過他們就是膽敢這樣做。爲什麼呢？因爲那對他們來說是一件快樂的事。他們現在還是在做這種事噢。我以前曾經親眼看過一次。

過去我自己認爲看過很多野蠻的事情，不過那天晚上我記得果然沒有食慾。我說的夠不夠明白？我說話是不是太快了呢？』

山本搖搖頭。

『很好』他說。然後乾咳一聲停頓了一下。『這次是第二次，所以如果順利的話到晚飯爲止或許食慾可以恢復。但對我來說，我希望盡可能避免無用的殺生。』

俄國人把兩手背在後面，抬頭望一會兒天空。然後拿出手套，看飛機的方向。『天氣眞好』他說。『是春天啊。雖然還有一點冷，但這樣的程度很好。如果再熱起來的話，蚊子就出來了。這東西很討厭。與其夏天，不如春天好多了。』他再一次拿出煙盒來，含了一支用火柴點著火。然後慢慢把煙吸進去，慢慢把它吐出來。『我只再問一次，你說眞的不知道書簡的事嗎？』

『Nett。』他簡單地說。

『很好。』俄國人說。『很好。』然後他朝向蒙古軍官，用蒙古話說了什麼。軍官點點頭，向士兵傳達命令。士兵們不知從什麼地方搬來粗壯的圓木，用槍的刺刀把那尖端俐落地削尖，作成四根木樁樣的東西。然後他們以步幅測一下必要的距離，把那四根木樁大約呈四角形，用石頭牢牢敲進地裡。準備這些我想大概就花了二十分鐘左右。現在開始要做什麼？我一點都無法猜測。

『對他們來說，所謂卓越的殺戳，就和卓越的料理一樣。』俄國人說。『準備的時間花得越長，那歡喜也越大。如果只是要殺死的話，用一發子彈砰一聲就解決了。一瞬間就結束了。但是那樣的話——』他用手指尖慢慢撫摸著光滑的下顎。『——沒意思。』

他們把綁住山本的繩子解開，把他帶到木樁那邊去。然後把他全裸地手腳綁在那木樁上。被仰天呈大字形綁住的身體上看得見好幾處傷痕。都是活生生的新傷。

『你們也知道，他們是遊牧民族。』軍官說。『遊牧民族是飼養羊、吃那肉、取那羊毛、剝那皮的。也就是羊，對他們來說是完全的動物。他們和羊一起過日子，和羊一起生活。他們會很技巧地剝羊皮。而且用那皮作帳篷，作衣服。你們有沒有看過他們剝羊皮的樣子？』

『要殺就快點殺吧。』山本說。

俄國人一面把手掌合起來慢慢摩擦，一面點頭。『沒問題，會好好的殺。不用擔心。該擔心的事，一件也沒有。雖然要花一點時間，但確實是會死的，不必心煩。不用著急。這裡是一望無際什麼也沒有的荒野。時間倒是多得很。而且，我還有很多話要說。關於那件，剝皮作業的事啊，任何團體裡都有一個像剝皮專家似的人。職業的。他們眞的很會剝皮。這已經可以說是奇蹟了。藝術品。眞的是一轉眼之間就剝下來噢。活生生的皮剝下來了，卻讓人覺得怎麼沒留意在剝已經快速剝下來了？但是啊——』他說著從胸部口袋拿出香煙盒，把那拿在左手上，右手指尖則咚咚地敲著。『——當然不可能沒留意的。活生生的剝的話，被剝的人也非常痛的。無法想像的痛。而且要死，還非常花時間呢。因爲大量出血而死，這總是很花時間的。』

他啪吱一聲彈響手指。於是和他一起搭飛機來的蒙古軍官走到前面來。他從大衣口袋裡，取出一支帶鞘的刀子。那是和剛才做出割脖子模樣的士兵所帶的同樣形狀的刀子。他把刀從鞘裡拔出來，把那在空中亮一亮。在早晨的陽光下那鋼鐵的刀刃發出鈍重的白光。

『這個男人，是那樣的專家之一。』俄國軍官說。『注意喲，我希望你們好好看看那把刀子。這是爲了剝皮，專門用的刀子。打造得眞巧妙。刃像剃刀一般薄而銳利。而且他們的技術水準非常高明。因爲他們是幾千年來繼續在剝動物皮的人哪。他們眞的是像在剝桃子皮一樣地，剝人皮。非常了不起地、俐落地、不留一點傷痕地。我說話會太快嗎？』

山本什麼也沒說。

『一點一點剝』俄國軍官說。『要不傷到皮而漂亮地剝，最好的辦法就是慢慢剝。如果中途想到要說什麼的話，立刻中止下來，所以請儘管說。那樣就可以免於一死。他們曾經做過很多次，但沒有一個人到最後還不開口的。這一點請記住。如果要中止的話，最好儘量快一點比較好。這樣彼此都比較輕鬆噢。』

那個拿著刀子像熊一樣的軍官，望著山本的方向嘻笑著。我現在都還記得很淸楚那笑。現在做夢都還會夢見。那笑我無論如何都沒辦法忘記。然後他開始作業起來。士兵們用手和膝蓋壓著山本的身體，軍官用刀子仔細地剝著皮。他眞的像在剝桃子的皮一樣地，把山本的皮往下剝下去。我無法直視那個。我閉上眼睛。我一閉上眼睛，蒙古士兵就用槍托毆打我。他一直毆打我直到我張開眼睛爲止。但不管張開眼睛，或閉上眼睛，都會聽見他的聲音。他剛開始一直勉強忍耐著。但從中途開始哀號起來。那不像是這個世界上的哀號。男人首先從山本的右肩用刀子快速插入筋骨。然後從上方開始往下剝右腕的皮。他簡直就像慈悲似地，慢慢仔細剝著手腕的皮。確實正如俄國軍官說的那樣，那手法眞的可以說是藝術品一樣。如果聽不見哀號的話，甚至令人以爲那是不會痛的吧。但是那哀號，則述說著那所伴隨的疼痛之悽慘。

終於右腕的皮完全剝下來，變成一張薄紙一般。剝皮人把那交給旁邊的士兵。士兵用手指抓住攤開來，四處展示給大家看。從那皮上還滴噠滴噠地滴著血。剝皮的軍官這次移到左腕。反覆著同樣的動作。他把兩腳的皮剝下，性器和睪丸切下，耳朵削落。然後剝頭皮、剝臉皮、終於全部剝掉。山本已經昏迷過去，然後又恢復意識，又再昏過去。昏過去時聲音停止，意識恢復時又繼續哀號。但那聲音逐漸虛弱、最後終於消失。俄國軍官在那之間，一直用長統靴的靴跟，在地面畫著無意義的圖形。蒙古士兵們都一律沈默不語，一直安靜望著那作業。他們都面無表情。那裡面既沒有厭惡的神色，也沒表現出感動、驚愕的樣子。他們簡直就像以我們在散步途中順便參觀某個工地現場時的那種臉色，望著山本的皮被一片一片地剝下來。

我在那之間吐了好幾次。最後變成什麼都吐不出來了，但我還是繼續吐。像熊一樣的蒙古軍官最後把剝掉山本胴體的皮整個漂亮地展開來。那上面還附有乳頭。那樣可怕的東西，我從來沒看過，以後也沒看過。有人把那拿起來，好像晾床單一樣地晾乾著。剩下來的，是皮被剝除之後，變成血淋淋肉塊的山本屍體，攤在地上而已。最令人難過的是那臉。血紅的肉裡白色的大眼睛依然張開著。牙齒露出來，嘴巴好像在喊叫著似地大張著。鼻子被削除之後，只留下小洞而已。地面眞是一片血海。

俄國軍官往地上吐唾液，看看我的臉。然後從口袋拿出手帕來擦擦嘴邊。『那個人好像眞的不知道的樣子。』他說。然後又把手帕收回口袋裡。他的聲音比剛才乾了幾分。『如果知道的話應該絕對會說的。眞是做得過分了。不過他怎麼說都是專家，遲早總是不得好死的。沒辦法。那姑且不管，他既然不知道，那麼你也不可能知道吧。』

俄國人軍官含著香煙，擦亮火柴。

『這麼說也就表示，你已經沒有利用價值了。既沒有拷問開口的價值，也沒有俘虜留下活口的價值。說眞的以我們來說，這次的事希望能極祕密地處理掉。不想太驚動外界。因此，帶你回烏蘭巴托，也有點麻煩。最好的辨法，就是現在立刻在你的腦袋上射一槍，埋到什麼地方，或燒掉讓哈爾哈河流走。這樣一切都很簡單地結束。不是嗎？』他說著，一直凝視我的臉。但我繼續裝作完全不瞭解他說的話的樣子。『你好像聽不懂俄語的樣子，所以跟你一一說明我想也是白浪費時間，算了。這就算是我自言自語吧。就當是這樣聽吧。不過，可以告訴你一個好消息。我決定不殺你。這就當做是我對你的朋友，雖然無意義但卻白白殺死的一點謝罪心情來解釋也不妨。今天從早晨開始大家已經殺得夠多了。這種事情一天一次就夠了。所以不殺你。不但不殺你，而且給你留下活下去的機會。如果順利的話——可以得救。可能性確實不高。可以說幾乎沒有也不一定。但機會總是機會。至少比被剝皮好太多了。不是嗎？』

他舉起手叫蒙古軍官。他正把用在剝皮的刀子用水筒的水寶貝地洗過，用小砥石磨完的時候。蒙古士兵們正把從山本身上剝下的皮攤開來，在那前面互相交談著。看來似乎在交換關於那剝皮技術細節的意見。蒙古軍官把刀子收入鞘內，把那放進大衣口袋裡後，走過這邊來。他看了我的臉一會兒，然後轉向俄國人那邊。俄國人向他用蒙古語簡短地說了什麼，蒙古人無表情地點點頭。士兵爲他們牽來兩匹馬。

『我們現在要搭飛機回烏蘭巴托去。』俄國人對我說。『空手回去很遺憾，但沒辦法。事情有時候順利，有時候不順利。但願吃晚飯以前能夠恢復食慾，但不太有自信。』

於是他們騎著馬走了。飛機起飛，化爲一個銀色小點向西方的天空消失之後，只剩下我和蒙古兵和馬。

蒙古兵把我緊緊綁在馬鞍上，組成一個隊伍朝北邊出發。就緊在我前面的蒙古兵以低低的微小聲音，唱著旋律單調的歌。除此之外能夠聽見的，說起來就只有馬蹄把沙子沙喀沙喀地彈起來的乾乾的聲音而已。他們到底要把我帶到那裡去呢？還有自己今後將遭遇什麼樣的事情呢？我完全無法想像。我所知道的只有，我這個人對他們來說已經是沒有任何多餘的存在價值了，這個事實而已。我在腦子裡試著反覆回想幾次那個俄國軍官的話。他說不殺我。不殺——但活下去的機會也幾乎沒有吧，他說。那具體上是什麼意思呢？我不明白。他所說的實在太模糊了。或許那是把我用在含有什麼討厭趣味的惡作劇上也不一定。不是乾脆的殺死，但卻可能是慢慢的幸災樂禍的陰謀。

不過雖然這麼說，自己沒有被當場乾脆地殺死，也沒有像山本那樣被活生生剝皮，總算安篤地嘆了一口氣。就算難免要被殺，至少不用死得那麼慘。而且不管怎麼說，至少我還這樣活著，正在呼吸著。而且如果俄國軍官說的話可以相信的話，我不會立刻被殺。到死爲止還有時間餘裕的話，至少表示還有生還的可能性。那不管是多麼微小的可能性，我都只能緊緊抓住不放了。

然後我腦子裡忽然想起本田伍長的話。我不會死在中國大陸這奇怪的預言。我被縛在馬鞍上，赤裸的背一面被沙漠的太陽火辣辣地燒著，我一面好幾次一再反覆反芻著他口裡說的每一句話。他那時候的表情、抑揚頓挫、話語的音響，我花時間回想著。而且打從心裡想要相信那預言。對了，自己不能在這樣的地方毫無意義地死去，一定要逃出這裡活著踏上故鄉的泥土，這樣強烈地說給自己聽。

他們往北邊前進了兩小時，或三小時。然後在一個有喇嘛教石塔的地方停下來。那樣的石塔被叫做歐伯。那既像是宗教祖神似的東西，又扮演沙漠中貴重標幟的角色。他們在那歐伯前面下了馬，把綁我的繩索鬆開。然後兩個士兵從我的腋下撐著我的身體把我帶到稍微離開一點的地方去。我想大概要在這裡把我殺掉了吧。他們把我帶去的地方，地面掘了井。井邊圍一圈高約一公尺的石壁。他們讓我在那井邊跪下，抓住我脖子後面，讓我往裡面探看。那似乎是一個深井，裡面一片漆黑什麼也看不見。穿著長靴的下士官拿來一顆大約拳頭大的石頭，把它丟進井裡。過了一會兒才聽見咚一聲乾乾的聲音。那似乎是一個乾涸了的井。從前曾經發揮過沙漠中井的作用，但可能由於地下水脈的移動，好久以前就已經乾涸了吧。從石頭到達底部的時間來看，似乎相當深。

下士官看看我的臉嘻笑了一下。然後他從附在皮帶上的套子上掏出一把很大的自動手槍。他把安全裝置除掉。發出咔啊一聲把子彈送進彈道裡去。然後把槍口對著我的頭。

但他很久都沒有扣下板機。他慢慢把槍身放下。然後他舉起左手，指著我背後的井。我一面用舌頭舔舔乾燥的嘴唇，一面一直注視著他的手槍。換句話說是這麼一回事。我可以從兩種命運中選擇一種。首先第一種是，現在立即被他開槍射死。我會很乾脆快速地死去。另一種是自己跳進井裡。因爲是很深的井，如果跳不好也許會撞死。要不然，我就會在那黑暗的洞裡慢慢死去。我好不容易終於瞭解了。這就是那個俄國人所說的機會的意思。然後下士官指了一下現在已經變成他的東西的山本的手錶，然後舉起五隻手指。表示讓我考慮五秒鐘。我在他數到三的時候，腳往壁上一蹬，心一橫便往井裡跳進去。除此之外我已經沒有選擇的路了。我抓住井壁，想順著那往下面去，但實際上不容許我有那餘裕。我沒有抓牢井壁，於是就那樣跌落下去。

那是一個深井。我感覺好像花了相當長的時間才到達地面，當然那實際上頂多也不過幾秒鐘，實在不能稱爲『長時間』。但在我繼續落下那黑暗中而去的時間裡記憶中好像眞的想起很多事情似的。我想起遙遠故鄉的事。我想起出征前我唯一一次抱過女孩子的事。想起父母親的事。我感謝我有妹妹而沒有弟弟的事。就算我在這裡死了，至少她不會被軍隊徵召而可以留在父母親身邊。我想起柏餅的事。然後我的身體撞在乾乾的地面，由於那衝擊我一瞬間便失去知覺。簡直就像全身的空氣都彈開了似的感覺。我的身體像砂袋一樣沈重地撞擊井底的地面。

但我因受到衝擊失去知覺，我想只有極短的一瞬間而已。當我恢復意識時，好像有什麼水沫似的東西濺在我身上。剛開始我以爲是下雨。但並不是。那是小便。蒙古兵全體朝向井底的我小便。我抬頭往最上面看，他們站在圓圓的洞邊，輪流小便的姿勢像剪影輪廓似的小小地浮在上面。那在我眼裡看來好像什麼極超現實的東西似的。我感覺那簡直就像吃了痲藥時所產生的幻覺似的。不過那卻是現實。我在井底下，他們正以眞正的小便濺在我身上。他們全部小便完畢之後，有人用手電筒燈光照我的身影。聽得見笑聲。然後他們從洞邊消失蹤影。他們走掉之後，一切沉人深沈的沈默中。

我在那裡暫時把臉伏下安靜一會兒，想看看他們是不是會回來。但二十分鐘過去，三十分鐘過去了（當然沒有手錶，因此只是猜測大約是這麼久吧而已。），他們沒有回來。他們似乎已經撤走了。我在那裡，在沙漠正中央的井底，一個人獨自被留了下來。當我明白他們不會再回來的時候，決定先檢查一下自己的身體變成怎麼樣了。黑暗中要檢查自己身體的狀態是相當困難的事。我看不見自己的身體，也就不能用眼睛確認到底變成怎麼樣了。不得不只能憑自己的感覺，去判斷那狀態。然而在深沈的黑暗中，自己現在所感覺到的感覺是眞的正確的感覺嗎？也變得迷糊起來了。甚至覺得好像自己被什麼愚弄了、欺騙了似的。那是一種非常奇怪的感覺。

不過我還是一點一點，而且很小心注意地，一一掌握自己所處的狀態下去。首先我所瞭解的，而且對我來說非常幸運的是，井底算是比較柔軟的砂地。要不然的話，以井底之深，我的骨頭大概多半在衝撞井底的時候，破碎或折斷了吧。我大大地深呼吸一次之後，試著動一動身體看看。首先我動動看手指。手指，有一點不太能隨心所欲地動，但總算能動。然後我想讓身體從地上站起來。但我沒辦法讓自己的身體站起來。我感覺身體好像失去了所有一切的感覺了似的。確定意識十分淸楚。但那意識和肉體不能夠適當地連結起來。我想要做什麼，但自己的想法卻不能轉換成肌肉的動作。我放棄地暫時在黑暗中安靜躺了一陣子。

我到底在那裡安靜不動多久？我不知道。不過感覺終於逐漸一點一點地恢復。然而呼應著感覺的復原，當然疼痛也來臨了。那是相當激烈的疼痛。我想大概是腳的骨折吧。也許肩膀也脫臼了。或者，運氣更壞的話，折斷了也不一定。

我保持那樣的姿勢，忍耐著疼痛，眼淚在不知不覺中流下臉頰。那是從疼痛而來的，也是從對往後的絕望而來的。一個人獨自被遺棄在世界盡頭的沙漠正中央的深井底下，在黑漆漆裡，全身被激烈的疼痛所襲擊，是多麼的孤獨，多麼的絕望，我想你一定無法了解。我甚至後悔沒有讓那個下士官一槍把我射死。如果我被什麼人射死的話，至少我的死他們還知道。但是如果死在這裡，那眞的是一個人孤伶伶的死。那是誰也不關心誰也不知道的，無聲的死。

偶爾聽得見風的聲音。風吹過地面時，在井的入口發出不可思議的聲音。那聽起來好像在什麼遙遠的世界女人在嘆息哭泣的聲音似的。那遙遠的某個世界，和這個世界有一個細小的洞穴相連，那聲音可以從這邊聽得見。但聽得見那聲音也只是偶爾而已。我獨自一個人被遺棄在深深的沉默和深深的黑暗中。

我一面忍受著疼痛，一面悄悄伸手探索周圍的地面。井底是平坦的。不怎麼寬。以直徑來說，大約有一公尺六十或七十公分左右。用手摸索著地面時，我的手突然觸摸到堅硬尖起的東西。我吃了一驚反射地快速縮回手但又再一次的小心翼翼地慢慢伸手試探，於是我的手又再觸摸到那尖尖的東西。剛開始，我以爲那是樹枝或是什麼。但終於明白那是骨頭。不是人的骨頭。是更小的動物的骨頭。也許已經過了很長時間，或者因爲在我落下時被壓在下面，已經變得零星散落了。除了那什麼小動物的骨頭之外，井底沒有任何東西。只有沙拉沙拉的細沙而已。

然後我用手掌心試著撫摸井壁。井壁好像是用薄而平坦的石頭重疊堆積起來作成的。白天雖然地表相當炎熱，但那暑熱並沒有到達這地下的世界，那簡直就像冰一般的涼涼的。我讓手在井壁上爬行，試著一一檢查石頭與石頭的縫隙之間。如果順利的話，我想說不定能順著那石縫當踏腳點往地上爬也不一定。但那縫隙之間，要當做踏腳點實在是太狹小了，再想到我負的傷，那就幾乎更接近不可能了。

我拖著身體勉強從地上站起來，好不容易才倚靠在井壁上。身體一動，肩膀和腳簡直像被幾根粗針扎進去似的疼。有一陣子甚至每呼吸一次，身體都感覺像要散開裂開了似的。手往肩膀一摸，才知道那個部分正燒熱地腫了起來。

然後我不知道時間經過了多久。但在某一個時點，發生了一件意想不到的事情。太陽光簡直像是某種啓示似的，忽然射進井裡來。那一瞬間，我可以看見我周圍所有的東西。井裡充滿了鮮明的光線，像是光的洪水一樣。我在那瞬間令人窒息一般的明亮中，幾乎無法呼吸。黑暗和冰冷忽然之間不知消失到什麼地方去了，溫暖的陽光溫柔地包住我赤裸的身體。連我的疼痛，都感覺好像被那太陽的光線所祝福著似的。我身旁有某種小動物的骨骸。太陽光把那白骨也溫暖地照射出來。在光之中連那不祥的骨骸，都讓我感覺像是溫暖的夥伴似的。我可以看得見包圍著我的石壁。在那光亮中的片刻裡，我連恐怖、疼痛，和絕望都忘掉了。我發呆著、坐在那眩眼的光明裡。但那並沒有持續多久。終於光線，就像它來的時候一樣，一瞬之間便忽然快速地消失掉了。深深的黑暗，再度覆蓋周遭。那眞正是短暫發生的事。以時間來說我想頂多十秒或十五秒吧。在深深的井底，太陽都能直接射下來，由於角度的關係恐怕一天裡只能有一次而已。那光之洪水，就在我理解和未理解那意思之間，已經消失了。

太陽光消失之後，我處於比以前更深的黑暗中。我的身體不太能動。既沒有水、沒有糧食也沒有任何東西。而且身上連一片遮體的布都沒有。漫長的下午過去之後，夜來臨了。一到夜晚氣溫逐漸下降。我幾乎都不能睡覺。我的身體渴求睡眠，但寒冷像無數的刺一般扎刺著我的身體。我感覺自己生命的芯好像正逐漸變硬一點一點地死去似的。抬頭往上看，可以看見好像冰凍在那裡似的星星。數目多得可怕的星星。我一直眺望著那星星慢慢移動的樣子。我只睡了一點點，就又因寒冷和疼痛而醒來，又睡了一點點，又醒來。

終於早晨來臨。淸晰的星星形跡從圓形洞開的井口逐漸變淡變薄下去。淡淡的晨光圓圓地浮在上面。但即使天亮了，星星還沒消失。星星雖然很淡，但一直還留在那裡。我舔著沾在井壁石頭上的朝露，緩解著喉嚨的乾渴。以量來說當然只是極微少的，但雖然如此，對我來說那感覺依然像是天的恩賜一般。回想一下，我已經整整一天以上，水也沒喝，東西也沒吃了。但我完全沒有感覺到所謂食慾這東西。

我在洞穴底下安靜不動。除此之外我沒有任何事情能做。我連想事情都不能。我那時候所處的絕望和孤獨，是那麼樣的深。我什麼也沒做，什麼也沒想，只是呆坐在那裡。但我在潛意識裡期待著那一道光線。一天之中僅有的短暫時間裡射進這深深井底的筆直光線，那讓眼睛都要暈眩似的陽光。以原理上來說，光線以直角射在地面是在太陽升到最高的中空時，因此我想那應該是接近正午的時分吧。我只在等待著那光的來臨。爲什麼呢？因爲我所能夠期待的，除此之外已經沒有任何東西了。

然後我想大概經過相當漫長的時間吧。我在不知不覺之中恍恍惚惚地睡著了。由於什麼動靜忽然醒過來時，光已經在那裡。我知道自己又再度被那壓倒性的光所包圍。我幾乎是無意識地大大張開雙手的手掌，在那裡承受著太陽。那是比第一次時更強烈的光。而且比第一次的時候持續更長久。至少我是這樣感覺。我在那光之中眼淚潸潸流下。覺得好像全身的體液都要化成眼淚，從我的眼睛裡溢出來落下來似的。甚至覺得我的身體本身都要溶化掉變成液體就那樣在這裡流光似的。我感覺到如果能夠在這了不起的光的至福之中死去的話也好。不，我甚至感覺想要死去。在那裡有的是，一種現在有某種東西在這裡變成一體的感覺。一種簡直壓倒性的一體感。對，人生的眞正意義就存在於這只持續幾十秒的光之中，我想自己應該在這裡就這樣死去啊。

但那光依然是那樣短促而不留情地消失而去。一留神時我還是和以前一樣獨自一個人被遺留在這悽慘的井底。黑暗和寒氣，簡直就像那光從最初就從來未曾存在過似的，不用說又把我牢牢捕捉住。然後長久之間我安靜地蹲在那裡。我的臉被眼淚濡濕了。就像被巨大的力量敲擊震撼後似的，我什麼都沒辦法思考。我連感覺自己身體的存在都沒辦法。覺得自己好像是乾癟的殘骸，或脫落的空殼似的。然後變成像空洞洞的房子一樣的我的腦子裡，本田伍長的預言又再一次回來了。所謂我不會在中國大陸死去的那句預言。那光線來臨，又消去的現在，我似乎變得可以淸淸楚楚地相信他的預言了。因爲我沒有能夠在應該死去的場所，應該死去的時間死去。我不是不要在這裡死，而是在這裡我死不了。你知道嗎？就是那樣我失去了恩寵了啊。」

間宮中尉說到這裡，眼睛看了一下手錶。

「而且正如你所看到的，我現在還在這裡。」他安靜地說。然後好像要拂掉眼睛看不見的記憶之絲似的，輕輕搖搖頭。「我正如本田先生說的沒有死在中國大陸。而且在四個人裡面活得最長壽。」

我點點頭。

「很抱歉。說了這麼長的話。沒有死成的老人的往事，一定很無聊吧。」間宮中尉說。然後在沙發上重新坐正姿勢。「再這樣長久說下去，新幹線的出發時間恐怕都要遲了。」

「請等一下。」我急忙說。「請不要在這樣的地方停下來。後來到底怎麼樣了？我想繼續聽下去。」

間宮中尉看了一會兒我的臉。

「怎麼樣？我眞的沒時間了，要不要跟我一起走到巴士站去？在那之間我想我可以簡短地把剩下的話說完。」

我和間宮中尉一起離開家門，走到巴士招呼站。

「第三天早上我被本田伍長救出來。我們被捕的那天夜晚，他察覺蒙古兵來了，於是一個人逃離帳篷，一直躲起來。他那時候悄悄把山本帶的文件從皮包裡拿出來。爲什麼呢？因爲不管付出多大的犧牲都不能把那文件交到敵人手中，這對我們來說是最優先的事項。既然知道蒙古兵來了，他爲什麼不把我們叫起來，大家一起逃呢？爲什麼只有自己一個人逃呢？也許你會有這樣的疑問。但如果那樣做，我們還是沒有勝算。他們知道我們在哪裡。那是他們的土地，人數和裝備也是他們佔優勢。他們可能很簡單地就找出我們，把我們全部殺掉，把文件拿到手。也就是在那狀況下，他有必要一個人逃走。本田伍長的行爲在戰場上是很明顯的敵前臨陣逃亡。但在出這樣的特殊任務時，所謂臨機應變是最重要的事。

他看著俄國人他們把山本的皮整個剝掉。而且看著蒙古兵把我帶走。但因爲他已經失去馬，因此沒辦法立刻追上來。本田伍長只能走路過來。他把埋在土裡的裝備挖出來，又在那裡把文件埋掉。然後他在我們後面追來。雖然這麼說，他能夠跋涉到井邊卻是非常的不容易。爲什麼呢？因爲他連我們往什麼方向走都不知道。」

「爲什麼本田先生能找到那口井呢？」我試著問。

「這個我也不明白。他對這點也沒多說。但是我想他就是知道。他找到我之後，把衣服撕開做成長長的繩子，費盡辛苦把幾乎已經失去意識的我從洞裡拉上來。然後他不知道從什麼地方找到了馬來，把我載著越過沙丘，渡過河，帶我回到滿軍的監視所。我在那裡接受負傷的治療，搭上從司令部開來的卡車被運往海拉爾的醫院。」

「那什麼文件還是書簡到底怎麼樣了？」

「我想大概還依舊在哈爾哈河附近的土裡繼續睡覺吧。我和本田伍長沒有餘力去挖掘那個出來，而且也找不到什麼非要勉強挖出來不可的理由。我們所得到的結論是那東西或許從一開始就最好不存在。在軍方查問的時候，我們很有默契地配合著說，沒聽到過什麼有關文件的事。因爲我想如果不這麼說的話，我們沒帶那文件回來就會被追究責任了。我們被按以治療爲名目，各別被嚴格監視在隔離病房裡，每天都受到調查。好幾個高級將領過來，盤問幾次同樣的話。他們的質問既綿密，又狡猾。不過他們似乎相信了我們的話。我把自己所體驗過的事情毫不保留地詳細說出來。只是很小心地避開有關文件的這一件事。他們把我說的話作成筆錄之後，就對我說，這次的事是機密事項，在軍方正式記錄上都不會留下來，因此關於這件事對外要一律絕口不說。如果萬一我們洩露口風被知道的話，將會接受嚴厲的處分，他們說。然後兩星期後，我被送回原來的部隊。我想本田先生也被送回原來的部隊了吧。」

「我不太明白，爲什麼本田先生會被特地從他的部隊調來呢？」我問。

「關於這點本田先生也沒對我說很多。我想他大概被禁止向別人說吧，而且覺得我還是什麼都不知道比較好吧。但我從和他談的話裡想像，我想山本這個人和本田先生之間可能有什麼私人的關係。而且我想那和他的特殊能力大概有關係吧。因爲，我也聽過陸軍裡面有專門研究那一類特殊能力的部署，從全國集合有靈能或念力之類能力的人，進行各種測試。我推測本田先生也因爲這關係而認識山本吧。而且實際上，如果他沒有那方面能力的話，我想他就不可能找到我所在的地點，並把我正確地帶回滿軍監視所。因爲既沒有地圖或磁石，他卻能不迷路地筆直走到那裡。那樣的事情以常識來思考是不可能做到的。我是地圖專家。那一帶的地理也大致有個譜。但就算是這樣的我，都實在沒辦法做到。我想山本大概是對本田這方面的能力有所期待吧。」

我們走到巴士招呼站，等著巴士。

「當然謎留到現在依然還是謎。」間宮中尉說。「我到現在很多事情還無法理解。在那裡等著我們的蒙古人軍官到底是誰？如果我們把那文件帶回去交給司令部的話，又會發生什麼事？爲什麼山本沒有把我們留在哈爾哈右岸一個人渡河過去呢？那樣他應該可以更輕鬆地行動啊。或許他想把我們當蒙古軍的誘餌而一個人逃走也不一定。那是有可能的。或許本田伍長從最初就知道這件事。所以他才讓山本被殺也不一定。

不管怎麼說，我和本田伍長自從那次以來很久之間，一次都沒見過面。我們一到海拉爾立刻就被分別隔離起來，被禁止互相見面和說話。雖然我想對他表示最後的感謝，但連那都不可能。而且就那樣，他在諾門罕的戰役中負傷被送回國內，我到戰爭結束還留在滿州，然後又被送到西伯利亞。我是在從西伯利亞拘留返國的幾年之後，才找到他住的地方的。而且從那以後，我們見過幾次面，偶爾有書信來往。但本田先生似乎在避免拿那哈爾哈河發生的事當話題，我也覺得不太想談那件事。那對我們兩個人來說，實在是太大的事情了。我們由於對那件事情什麼都不談，因而共同擁有著那體驗。你可以瞭解嗎？

話變得很長，不過我想要傳達給你的，是所謂我的眞正人生，大概已經在那外蒙古沙漠中的深井底下結束了吧。我在那井底下，一天之中只射進來十秒或十五秒的強烈光線中，覺得好像已經把生命的核似的東西完全燒光了似的。那光，對我來說，是那麼樣神祕的東西。雖然我無法適當說明，但我坦白把我所感覺到的全部說出來，從那以後不管我看見什麼，經驗什麼，心底下已經不會有任何感覺了。連面對蘇聯軍的大戰車部隊時，或失去這左手時，在地獄般的西伯利亞收容所時，我都在某種無感覺裡。說起來很奇怪，不過那些事情我已經全都無所謂了。我體內的某種東西已經死了。而且很可能我，就像那時候所感覺到的那樣，應該在那光裡像消失在裡面一樣地迅速死去。那是我的死時。但正如本田先生所預言的那樣，我沒有在那裡死掉。或者應該說是沒有能夠死掉吧。

我失去一隻手腕，和十二年這貴重的歲月，然後回到了日本。當我到達廣島時，雙親和妹妹已經死亡。妹妹被徵去廣島市內的工廠做工時，遇上原子彈投下而死去。父親那時候正好去看妹妹，同樣也送命了。母親受到這打擊就臥病不起，昭和二十二年去世。正如我剛才說的那樣，我本來有一個內定要訂婚的對象，那個女的已經跟別的男人結婚，生了兩個孩子了。墓地上有我的墳墓。我已經什麼也沒剩下了。我覺得自己眞的是變成一無所有、一片空虛。自己不應該回到這裡來的。從那以後一直到現在爲止，自己是怎麼活著過來的，都記不太清楚了。我當了社會科的教員，在高中教地理和歷史。但我在眞正的意義上，並沒有活著。我只是把人家交付給自己的現實上的角色，一個又一個地扮演下去而已。我沒有一個稱得上是朋友的人，和學生之間也沒有什麼像是人性化牽絆之類的東西。我沒有愛誰。我已經不知道愛一個人是怎麼一回事。眼睛一閉起來，就浮現活生生被剝掉皮的山本的身影。做了幾次那樣的夢。山本在我夢中好幾次又好幾次被剝掉皮，變成血肉模糊的肉塊。他悲痛的哀號，我還可以聽得很淸楚。而且好幾次我也夢見自己在井底下活生生地腐朽下去。有時候會覺得那才是眞的現實，而這樣的我的人生才是夢吧。

本田先生在哈爾哈河畔，說我在中國大陸不會死的時候，我聽了很高興。不管相信不相信，那時候我的心情，不管是什麼，都想要緊緊抓住。我想本田可能是知道這點，爲了安撫我的心情，而告訴我的吧。但實際上，那並沒有什麼値得高興的。回到日本來之後，我一直像個脫落的空殼子般地活著。而一個脫落的空殼子不管活多麼長，都不能算是眞的活著。我希望岡田先生瞭解的，其實只有這個而已。」

「那麼間宮先生回國之後，一次也沒有結婚嗎？」我試著問問看。

「當然。」間宮中尉說。「既沒有妻子，也沒有父母親和兄弟姐妹。完全是一個人。」

我有點猶豫之後，這樣問看看。「你認爲像本田先生的預言之類的東西，還是不要聽比較好嗎？」

間宮中尉沈默了一下。然後一直注視著我的臉。「或許是這樣也不一定。或許本田先生不應該說出來也不一定。或許我不應該聽。正如本田先生那時候說的那樣，命運是在事後回顧的東西，不是事先知道的東西。不過我這樣想，事到如今，怎麼樣都一樣了。我現在只是在完成繼續活著的任務而已。」

巴士來的時候，間宮中尉向我深深地低頭行禮。而且對我說，佔了我的時間很抱歉。「那麼失禮告辭了。」間宮中尉說。「非常謝謝。不管怎麼說，能把那東西交給您眞好。這樣一來我總算也能夠告一段落。可以安心回家了。」他用義肢和右手靈巧地拿出零錢，放進巴士的車費箱裡。

我站在那裡，一直看著巴士消失在轉彎角。巴士看不見之後，我心情覺得奇怪地空虛。感覺上簡直就像一個被留在陌生城鎭的小孩，那種無法排遣的心情一樣。

然後我回到家，坐在客廳的沙發上，把本田先生留給我的紀念品包裹打開。是Cutty Sark送禮用的禮盒。但那內容從重量就可以知道不是威士忌。我打開那盒子看看。然後發現那裡面什麼也沒有。那完全是空洞的。本田先生留給我的，只是一個空洞的盒子。

參考文獻

《諾門罕美談錄》忠靈顯彰會　新京　滿州圖書株式會社　昭和十七（一九四二）年
《諾門罕空戰記蘇聯空軍將領的回憶》阿・貝・波羅傑金　林克也・太田多耕譯　弘文堂　昭和三十九（一九六四）年
《諾門罕戰　人間的記錄》御田重寶　現代史出版會　發行德間書店　昭和五十二（一九七七）年
《諾門罕戰記》小澤親光　新人物往來社　昭和四十九（一九七四）年
《安靜的諾門罕》伊藤桂一　講談社文庫　昭和六十一（一九八六）年
《我與滿州國》武藤富勇　文藝春秋　昭和六十三（一九八八）年
《日本軍隊用語集》寺田近男　立風書房　平成四（一九九二）年
《諾門罕上下——草原的日俄戰爭一九三九》阿爾文・D・庫克斯　岩崎俊夫・吉本晉一郎譯　秦郁彥監修　朝日新聞社　平成一（一九八九）年
《滿州帝國I・II・III》兒島襄　文藝春秋　文春文庫　昭和五十八（一九八三）年

藍小說907

發條鳥年代記——第一部 鵲鳥篇

作　者—村上春樹
譯　者—賴明珠
主　編—鄭麗娥
編　輯—黃嬿羽
校　對—石曉蓉、賴明珠

董事長—趙政岷
出版者—時報文化出版企業股份有限公司
108019台北市和平西路三段二四〇號三樓
發行專線—（〇二）二三〇六—六八四二
讀者服務專線—〇八〇〇—二三一—七〇五
（〇二）二三〇四—七一〇三
讀者服務傳真—（〇二）二三〇四—六八五八
郵撥—一九三四四七二四時報文化出版公司
信箱—10899臺北華江橋郵局第九九信箱

時報悅讀網—http://www.readingtimes.com.tw
電子郵件信箱—liter@readingtimes.com.tw
法律顧問—理律法律事務所　陳長文律師、李念祖律師
印　刷—勁達印刷有限公司
初版一刷—一九九五年九月二十六日
初版三十三刷—二〇二四年一月二十二日
定　價—新台幣一八〇元
（缺頁或破損的書，請寄回更換）

時報文化出版公司成立於一九七五年，
並於一九九九年股票上櫃公開發行，於二〇〇八年脫離中時集團非屬旺中，
以「尊重智慧與創意的文化事業」為信念。

ISBN 957-13- 1836-1
ISBN 978-957-13-1836-3
Printed in Taiwan

國家圖書館出版品預行編目資料

發條鳥年代記 / 村上春樹著；賴明珠譯. -- 初版.
-- 臺北市：時報文化, 1995-1997〔民84-86〕
冊；　公分. --（藍小說；907, 908, 912）
（村上春樹作品集）
ISBN 957-13-1836-1（第一部：平裝）. -- ISBN 957-13-1837-X（第二部：平裝）. -- ISBN 957-13-2246-6（第三冊：平裝）.
ISBN 978-957-13-1836-3（第一部：平裝）. --
ISBN 978-957-13-1837-0（第二部：平裝）. --
ISBN 978-957-13-2246-9（第三冊：平裝）.

861.57　　84009973

編號： A I 907	**書名：發條鳥年代記：第一部　鵲賊篇**
姓名：	**性別：**＿＿＿＿ 1.男　2.女
出生日期：　年　月　日	**身份證字號：**

＿＿＿＿ **學歷：** 1.小學　2.國 中　3.高中　4.大專　5.研究所（含以上）

＿＿＿＿ **職業：** 1.學生　2.公務（含軍警）　3.家管　4.服務　5.金融
6.製造　7.資訊　8.大眾傳播　9.自由業　10.農漁牧
11.退休　12.其他

地址：＿＿＿＿ 縣（市）＿＿＿＿ 鄉鎮區 ＿＿＿＿ 村 ＿＿＿＿ 里

＿＿＿＿ 鄰 ＿＿＿＿ 路（街）＿＿ 段 ＿＿ 巷 ＿＿ 弄 ＿＿ 號 ＿＿ 樓

郵遞區號 ＿＿＿＿＿＿

（下列資料請以數字填在每題前之空格處）

＿＿＿＿ **您從哪裡得知本書／**
1.書店　2.報紙廣告　3.報紙專欄　4.雜誌廣告　5.親友介紹
6.DM廣告傳單　7.其他 ＿＿＿＿

＿＿＿＿ **您希望我們爲您出版哪一類的作品／**
1.長篇小說　2.中、短篇小說　3.詩　4.戲劇　5.其他 ＿＿＿＿

您對本書的意見／

＿＿＿＿ 內　　容／1.滿意　2.尚可　3.應改進
＿＿＿＿ 編　　輯／1.滿意　2.尚可　3.應改進
＿＿＿＿ 封面設計／1.滿意　2.尚可　3.應改進
＿＿＿＿ 校　　對／1.滿意　2.尚可　3.應改進
＿＿＿＿ 翻　　譯／1.滿意　2.尚可　3.應改進
＿＿＿＿ 定　　價／1.偏低　2.適中　3.偏高

您的建議／

請沿虛線摺下裝訂，謝謝！

廣告回信
台北郵局登記證
台北廣字第2218號

時報出版
CHINA TIMES PUBLISHING COMPANY
尊重智慧與創意的文化事業

地址：10803台北市和平西路三段240號3樓
讀者服務專線：0800-231-705・(02)2304-7103
讀者服務傳真：(02)2304-6858
郵撥：19344724 時報文化出版公司

請寄回這張服務卡（免貼郵票），您可以——
●隨時收到最新消息。
●參加專為您設計的各項回饋優惠活動。

無限馳騁藍色想像空間——無國界的小說新地帶。

藍小說

揮發感性專欄：捕捉流行語調—淺藍的、海藍的、灰藍的……

寄回本卡，掌握藍小說系列的最新訊息